MARGRET RETTICH

Schrecklich schöne Schauergeschichten

illustriert von Rolf Rettich

Annette Betz Verlag

Cip-Kurztitelaufnahme der Deutschen Bibliothek

Rettich, Margret
Schrecklich schöne Schauergeschichten. — München:
Betz, 1978.
ISBN 3-7641-0127-X

B 192/2

Umschlag und Illustrationen von Rolf Rettich

Papier und Gesamtherstellung: Salzer - Ueberreuter, Wien
Printed in Austria

Die Geschichte von der Katze

Jeden Tag strebte Fräulein Schmidt vom Büro sofort in ihr kleines, gemütliches Heim. Vorher kaufte sie in dem Laden an der Ecke ihr Abendessen und eine Zeitung.
Sie schlüpfte in der Diele aus den Straßenschuhen, wusch sich im Bad die Hände, vertauschte das Kleid mit einem Kimono und wärmte in der Küche das Fertiggericht in einem Töpfchen.
Nach dem Essen setzte sie sich in ihren Sessel, blätterte in der Zeitung und genoß die Ruhe und die Ordnung. Sie war froh, nicht wie ihre Kollegin einen Mann zu haben, den sie bedienen mußte, und dazu drei Kinder, die alles durcheinanderbrachten.
Fräulein Schmidt kümmerte sich um niemanden und war froh, daß niemand sich um sie kümmerte.

Eines Tages, als sie die Zeitung von vorn bis hinten gelesen hatte, schlenderte sie zum Fenster, um ein wenig hinauszusehen. Was sie sah, waren zwei starre grüne Augen.
Auf dem Fensterbrett saß eine graue scheußliche Katze.
Fräulein Schmidt hatte Katzen noch nie gemocht. Sie schüttelte sich, wandte sich ab und setzte sich wieder in den Sessel, um das Kreuzworträtsel in der Zeitung zu lösen.
Von Zeit zu Zeit drehte sie sich um.
Die Katze war immer noch da. Reglos sah sie Fräulein Schmidt an. Einmal riß sie ihren Rachen auf und zeigte die spitzen, scharfen Zähne.
Das Kreuzworträtsel schien diesmal besonders schwer zu sein. Fräulein Schmidt erriet nicht die einfachsten Begriffe, weder in der Senkrechten noch in der Waagrechten. Die Katze störte sie.
Sie ging zum Fenster, klopfte an die Scheibe und rief: »Geh weg, du!«
Die Katze blieb sitzen.
Fräulein Schmidt irrte vom Zimmer in die Küche, von der Küche ins Bad, vom Bad wieder ins Zimmer.
Die Katze saß auf dem Fensterbrett.
Sie saß auch am nächsten Tag da.
Und am übernächsten.
Fräulein Schmidt wurde nervös. Sie genoß ihre Ruhe und Ordnung nicht mehr wie sonst. Sie vergaß, die Straßenschuhe auszuziehen, und warf sich den Kimono über den Regenmantel. Statt der Hände wusch sie sich den Hals.
Die Katze saß unbeweglich auf dem Fensterbrett und starrte sie an.
Nach einer Woche wußte Fräulein Schmidt nicht aus noch

ein. Nun war ihr zudem der Appetit vergangen. Sie riß das Fenster auf, stellte der Katze das Töpfchen mit dem Fertiggericht hin und schlug das Fenster wieder zu.
Die Katze schleckte gierig das Töpfchen leer.
Fräulein Schmidt sah ihr vom Sessel aus zu. Jetzt hatte auch sie Hunger, aber nun war nichts mehr zu essen da.
Am nächsten Tag kaufte Fräulein Schmidt auf dem Heimweg ein zweites Töpfchen sowie zwei Fertiggerichte. Eines davon aß sie in der Küche, das andere bekam die Katze auf das Fensterbrett. Die aß artig alles auf und putzte sich dann langsam und gründlich, von den Ohren bis zum Schwanz.
Fräulein Schmidt eilte beschämt ins Bad. Ihr war eingefallen, daß sie vergessen hatte, sich die Hände zu waschen.
Am folgenden Tag wurde Fräulein Schmidt eingeladen.
Ihre Kollegin mit dem faulen Mann und den drei wüsten Kindern wollte Geburtstag feiern. Sie nahm Fräulein Schmidt nach Büroschluß im Auto mit, stellte ihr in der Küche den Abwasch von drei Tagen hin, ließ sie die Kinder ins Bett bringen und dann noch das Bier aus dem Keller holen. Inzwischen war das Abendessen fertig, und alle aßen so viel, daß sie den Gürtel aufmachen mußten.
Daheim lag dann Fräulein Schmidt, die weder Trubel noch fettes Essen gewohnt war, im Bett und hatte Magenweh. Sie drehte und wälzte sich, und als sie endlich einschlief, hatte sie schwere Träume.
Plötzlich erwachte sie wieder. Ein Zentnergewicht lag auf ihrem Magen. Sie dachte: Das ist mein Ende, jetzt platze ich! Der schwere Druck wanderte über ihren Körper, war einmal hier, einmal dort.
Alle Krankheiten, von denen sie gelesen hatte, fielen ihr ein.

Und jetzt hatte sie auch noch etwas Haariges im Mund!
Fräulein Schmidt war entschlossen, sich nicht unterkriegen zu lassen. Sie biß fest die Zähne zusammen.
Sofort hörte sie Fauchen und einen schrillen Schrei.
Der schwere Druck verschwand und mit ihm das Haarige in ihrem Mund.
Der Magen war wieder leicht, dafür jagte ihr Herz.
Fräulein Schmidt knipste das Licht an.
Langsam kam die Katze unter dem Schrank hervor.
»Nein!« rief Fräulein Schmidt und schlüpfte unter die Decke.
Als sie hervorlugte, saß die Katze auf dem Bettvorleger und sah sie an. Sie sagte: »Miau.«
Fräulein Schmidt fiel ein, daß sie heute kein Essen auf das Fensterbrett gestellt hatte. Aber wie war die Katze ins Zimmer gekommen?
Fräulein Schmidt sah sich um. Neben dem Bett war ein Fenster. Es hatte eine Lüftungsklappe. Die war offen. Vor dem Haus stand ein Baum. Und dessen Zweige reichten bis hier herauf.
Die Katze lief ihr nach, als Fräulein Schmidt aufstand und in die Küche an den Kühlschrank ging. Dort war nichts als ein wenig Wurst für das Frühstück im Büro.
Die Katze machte sich über die Wurst her. Dann lief sie davon, als Fräulein Schmidt ihr die Tür aufmachte.
Will ich sie, oder will ich sie nicht, dachte Fräulein Schmidt, als sie wieder im Bett lag. Ich gewöhne mich bereits an sie. Das ist schlimm, denn etwas, an das man gewöhnt ist, nimmt man hin, selbst wenn man es nicht will.
Sie wollte sich von der Katze freimachen.
Darum ging Fräulein Schmidt am nächsten Tag nach dem

Büro nicht heim, sondern ins Kino. Das hatte sie seit Jahren nicht getan. Ruhe und Ordnung gerieten ihr durcheinander. Sie sah einen Film mit Mord und Totschlag. Zum Schluß war sie so erschöpft, daß sie an einem Kiosk ein Glas Bier trinken mußte.

Es war reichlich spät, als sie nach Hause kam. Sie machte die Lüftungsklappe am Fenster zu und legte sich ins Bett.

Sie war kaum eingeschlafen, als sie wieder aufschreckte. Etwas hatte gegen ihre Wohnungstür geschlagen. Gleich darauf hörte sie, wie die Klinke niedergedrückt wurde.

Sie schlich in die Diele.

Schon wieder prallte es heftig an die Tür. Danach ging die Klinke nach unten.

Fräulein Schmidt lehnte mit zitternden Knien an der Wand. Sie hatte ohnehin schwache Nerven, und schuld daran war der Film. Ihre letzte Stunde war gekommen. Niemand war da, der ihr beistand!

Krach – schlug es gegen die Tür.

Peng – ging die Klinke runter.

Fräulein Schmidt ertrug die Ungewißheit nicht länger. Sie riß die Tür auf ...

... und die Katze sauste an ihr vorbei ins Zimmer, sprang in den Sessel und sagte vorwurfsvoll: »Miau!«

Es dauerte eine Weile, bis Fräulein Schmidt ihre Ruhe wiedergefunden hatte. Und bis sie begriff, daß die Katze immer wieder vom Treppengeländer aus gegen die Tür gesprungen und an der Klinke abgerutscht war.

»Was willst du von mir«, rief sie, »du läßt mich nicht schlafen, jagst mir Angst und Schrecken ein, und jetzt tust du auch noch als wärst du hier zu Hause!«

Die Katze hüpfte vom Sessel und strich Fräulein Schmidt um die Beine. Sie rieb den Kopf an ihrer Hand. Dann legte sie sich auf den Rücken und ließ sich den Bauch kraulen. Schließlich schnurrte sie.

Leider war kein Essen da, außer einigen trockenen Keksen.

An denen knabberte die Katze ein wenig, trank dazu etwas Wasser und lief dann brav davon.

Am nächsten Tag eilte Fräulein Schmidt vom Büro sofort in ihr kleines gemütliches Heim. Vorher kaufte sie außer der Zeitung und dem Abendessen eine große Dose Katzenfutter.

Daheim lief sie sofort zum Fenster.

Dort saß schon die Katze und sah sie mit ihren schönen grünen Augen an.

Fräulein Schmidt ließ sie herein, setzte sich in den Sessel, nahm sie auf den Schoß, streichelte sie und fragte: »Wie möchtest du heißen? Bist du einverstanden, wenn ich dich Kleopatra nenne?«

Die Katze schnurrte zufrieden.

Die Geschichte vom unheimlichen Zimmer

Weil alle Leute neuerdings pausenlos verreisen, wollte Tante Julchen nicht nachstehen. In einem netten Gasthof fand sie bei einer netten Wirtin ein nettes Zimmer, in dem sie sich, erschöpft von der Fahrt, bald zur Ruhe begab.

Vorher sah sie sich genau um.

Sie stellte fest, daß sie daheim eine bessere Matratze hatte, daß der Bettvorleger in die Reinigung mußte und daß im

Spiegel ein Sprung war. Sie ärgerte sich, daß auf dem Tisch unter einem bunten Tuch etwas lag, das wahrscheinlich ein Berg Wäsche war, der nicht hierhergehörte.
Dann schloß sie die Tür ab, zog die Vorhänge zu und sah unter das Bett.
Sie fühlte sich nicht gern beobachtet.
Darum hängte sie auch noch ein Handtuch über die Klinke vor das Schlüsselloch.
Nun erst zog sich Tante Julchen aus. Sie legte den Hut, die Jacke, die Bluse und den Rock ab. Als sie im Unterrock war, zog sie die Haarnadeln aus ihrer Frisur, kämmte sich und flocht sich Zöpfe. Dann ging sie an das Waschbecken, um sich die Zähne zu putzen.
In diesem Augenblick sagte hinter ihr eine tiefe Männerstimme: »Guten Abend, meine Dame!«
Mit einem Satz war Tante Julchen unter der Bettdecke. Sie lag starr und steif und hielt den Atem an. Nur ihre Hand kam mit ausgestrecktem Zeigefinger langsam unter der Decke hervor und knipste das Licht aus.
Tante Julchen lauschte.
Alles war ganz still.
Alles blieb auch still.
Nach einer Weile streifte sich Tante Julchen behutsam die Decke vom Kopf, richtete sich auf und machte das Licht wieder an. Sie sah sich um.
Außer ihr war niemand im Zimmer, sie war allein.
Plötzlich schrillte laut das Telefon – dreimal.
Eine helle Stimme sagte: »Einen Moment bitte!«
Wieder rutschte Tante Julchen schnell unter die Decke. Ihr Herz klopfte wild, ihre Hände waren eiskalt.

Sie hörte, wie die helle Stimme lachte. Dann klingelte wieder das Telefon. Tante Julchen wußte genau, daß kein Apparat im Zimmer war. Der einzige, den sie im Haus entdeckt hatte, stand unten in der Gaststube!
Ihr wurde es unheimlich in diesem Zimmer, wo Leute sprachen, die sie nicht sah, und Telefone klingelten, die es nicht gab. Vor Aufregung mußte sie niesen.
Sofort stieß jemand einen schrillen Pfiff aus.
Der Pfiff ging Tante Julchen durch und durch. Sie fuhr hoch und sah aufgeregt nach allen Seiten.
Es blieb dabei: das Zimmer war leer.
Tante Julchen zitterte. Sie wollte fort von hier, gleich, sofort und auf der Stelle.
Sie sprang aus dem Bett, und schon wieder kam der schreckliche Pfiff. Sie griff nach ihrem Rock, stieg hinein, und eine Stimme hinter ihr sagte: »Bitte machen Sie sich frei!«
Tante Julchen ließ den Rock fallen, war mit einem Satz an der Tür, schloß sie auf, lief den Gang entlang, flitzte die Treppe hinunter und stürzte, wie sie war, in die Gaststube.
Dort erregte ihr Erscheinen großes Aufsehen.
Die Wirtin sah sie sprachlos an. War die Dame übergeschnappt? Vorhin, als sie angekommen war, hatte sie nett und ordentlich ausgesehen. Jetzt rannte sie im Unterrock und mit Zöpfchen herum und schien den Verstand verloren zu haben.
Tante Julchen rief: »Ich bleibe nicht einen Augenblick länger in diesem Zimmer! Dort wimmelt es von Gespenstern, es sind mindestens vier – ein Mann, eine Frau, ein Telefon und einer, der dauernd pfeift!«
Die Wirtin schlug sich an die Stirn. Sie entschuldigte sich

mindestens zehnmal hintereinander. Dann rannte sie die Treppe hoch. Sie kam mit einem großen Käfig zurück. Über dem hing noch das bunte Tuch, das Tante Julchen geärgert hatte.
Im Käfig saß ein Papagei.
Er gehörte dem Arzt, und die Wirtin hatte ihn in Pflege, weil auch der Arzt, wie alle Leute neuerdings, pausenlos verreiste.

Die Hexengeschichte

Papa und Mama sagen, es gibt keine Hexen, Drachen, Gespenster, Zauberer, Geister, Klapperstörche, Weihnachtsmänner und Osterhasen.
Doch, Hexen gibt es, sagt Niklas.
Niklas ist ein Jahr älter als ich und weiß eine Menge. Er weiß sogar, wo Hexen wohnen. Sie wohnen in dunklen Kellerlöchern. Wenn es ihnen da zu laut wird, ziehen sie um. Keine Hexe bleibt zum Beispiel, wenn in ihrem Keller eine Diskothek aufgemacht wird. Hexen wollen ihre Ruhe und schlafen meist.
Wenn Hexen schlafen, sind sie unsichtbar.
Darum habe ich noch nie eine Hexe gesehen.
Niklas weiß ein Haus, wo eine wohnt. Er ist mit mir hingegangen. Wir mußten über die Straße gehen und dann um viele Ecken. Leider konnten wir die Hexe nicht sehen, weil sie schlief.
Mama sagt, Niklas redet Unsinn. Ich soll lieber mit anderen

Kindern spielen. Aber Niklas weiß eine Menge, und das will ich auch wissen.
Niklas sagt, wenn Hexen wach sind, sehen sie wie normale Frauen aus. Manche gehen zum Friseur, andere sitzen in der Eisdiele. Mal habe ich Niklas eine Frau gezeigt, die sah wie eine Hexe aus. Gerade das war keine, weil Hexen nicht wie Hexen aussehen.
Niklas weiß, wie man Hexen vertreibt.
Man muß sie erschrecken!
Erschrockene Hexen machen PÄNG und sind nur noch eine kleine gelbe Wolke, die stinkt. Man muß schnell das Fenster aufmachen, damit der Wind sie fortweht. Wenn es windstill ist, verkriecht sich die Wolke. Meist rutscht sie einem Mann in die Manteltasche, ohne daß der es merkt. Mit dem macht die Hexe dann, was sie will.
Angenommen, sie will auf die andere Straßenseite. Dann rennt er glatt bei Rot los und wird überfahren. Oder sie will zum Beispiel im Kaufhaus plötzlich zehn Taschenspiegel: dann greift er zu, und niemand glaubt ihm, daß er gar nicht klauen wollte.
Aber Niklas weiß, wie man die Hexe in der Manteltasche los wird.
Chemisch reinigen hilft nicht, auch ausklopfen ist sinnlos. Es ist sogar schädlich, weil sich die Wolke dabei teilen könnte. Dann wird so ein Mann von zwei Hexen geplagt, und jede will etwas anderes. Er wird verrückt und muß zum Nervenarzt.
Nein, sagt Niklas, man muß den Mantel in einen Plastiksack stecken und an den Straßenrand stellen. Da wird er bei der Kleidersammlung mitgenommen. Aber nicht jeder kann

sich einen neuen Mantel leisten. Und darum hat er die Hexe jahrelang.
Was ist schlimmer, frage ich, eine Hexe im Keller oder eine in der Manteltasche?
Die im Keller ist schlimmer, sagt Niklas. Sie plagt das ganze Haus. Wenn es Kurzschluß gibt oder einen Wasserrohrbruch oder Streit oder wenn Geschirr zerbricht, wenn es brennt, wenn es einen Wirbelsturm, ein Erdbeben oder eine Mondfinsternis gibt – an allem ist die Hexe schuld. Sie ist das Schlimmste, was einem Haus widerfahren kann.
Nachts schlafe ich nicht mehr.
Ich habe Angst.
Ich habe Papas Manteltaschen umgekrempelt. Aber es waren nur Zigaretten und Fahrscheine darin. Ich habe in unserem Keller nachgesehen. Da waren der Schrank, Mamas Rad, mein Schlitten und die Lampe aus dem Wohnzimmer, die Papa nicht leiden kann. Ich bin schnell wieder nach oben gelaufen, weil es im Keller so still war.
Vormittags bin ich allein. Da ist Niklas in der Schule.
Ich stehe am Straßenrand und sehe die Leute an. Ob die Frau, die eben an mir vorbeigeht, eine Hexe ist? Ob der Mann dort eine Hexe in der Manteltasche hat?
Ich muß immerzu daran denken.
Ich mag nicht spielen.
Ich hocke vor Kellerfenstern. Dahinter ist es ganz schwarz und unheimlich. Heute hat mich Mama vor einem Kellerfenster gefunden, als sie vom Einkaufen kam.
Beim Mittagessen haben beide, Papa und Mama, auf mich eingeredet. Sie haben gesagt, daß es keine Hexen gibt. Der Pudding hat mir überhaupt nicht geschmeckt.

Ich bin ihnen davongerannt.
Ich will das Haus mit der Hexe suchen, das mir Niklas gezeigt hat. Erst muß ich über die Straße und dann um viele Ecken. Ich glaube, es sind die falschen Ecken. Ich laufe nach der anderen Seite und dann ein Stück geradeaus. Ich weiß nicht mehr, wo ich bin.
Ich sehe in alle Kellerfenster. Überall ist es dunkel.
Nur hinter diesem hier ist ein Lichtschein. Er flackert auf und ab. Die Scheibe ist sehr schmutzig. Ich kann reiben, soviel ich will, der Dreck geht nicht ab. Ich spucke auf meinen Pulloverärmel, und damit wische ich weiter. Nun kann ich etwas erkennen.
Im Keller ist ein Schatten. Der ist mal hier und mal dort.
Ich lege mein Gesicht ganz dicht an die Scheibe.
Da ist ein Rücken und ein Stückchen Hals mit Haaren. Im Keller ist eine Frau. Sie richtet sich langsam auf. Ihr Gesicht ist vor meinem Gesicht, dazwischen ist nur die Scheibe. Wir starren uns an, lange, lange. Plötzlich macht sie den Mund auf und lacht.
Es ist eine Hexe!
Sie soll weg! Ich muß sie erschrecken!
Mein Herz klopft. Ich springe auf, trete gegen die Scheibe und rufe: »Weg mit dir, blöde, alte Hexe, weg mit dir!«
Ich schreie immer lauter. Ich schlage mit den Fäusten an die Wand und trample mit den Schuhen gegen das Glas, bis die Scheibe zerspringt. Um ein Haar wäre ich in den Keller gestürzt.
Jemand packt mich.
Ich wehre mich und beiße und rufe immerzu: »Die Hexe soll weg, die Hexe soll weg!«

Dann muß ich weinen.
Ich merke, daß viele Leute da sind. Die Frau aus dem Keller ist auch dabei. Alle sind erschrocken. Eine Frau sagt, daß sie Mama und mich aus dem Supermarkt kennt. Sie gehen mit mir dorthin.
Das Fräulein an der Kasse weiß, wie wir heißen und wo wir wohnen. Ich weiß gar nichts mehr.
Sie bringen mich nach Hause. Niklas steht da und sieht uns nach. Mama macht die Tür auf. Sie steckt mich gleich ins Bett.
Ich höre nicht, was ihr die Leute erzählen.
Ich schlafe.
Später sitzt Mama auf meiner Bettkante. Sie ist traurig. Ich auch.
Wahrscheinlich gibt es irgendeine Hexe, die uns plagt.

Die Geschichte vom Wohnwagen

Das Leben mit Oma war eintönig.
Jahr für Jahr fuhr sie mit der Eisenbahn in denselben Ort, in dasselbe Hotel, wo sie stets dasselbe Zimmer mit Balkon verlangte. Dort saß sie dann, sah die Berge an und erholte sich.
Opa mußte immer neben ihr sitzen.
Die beiden erlebten nie etwas Besonderes. Und dabei träumte Opa von Abenteuern.
Er träumte davon, im Ballon über die Alpen, im Segelboot

durch die Südsee und im Hundeschlitten zum Nordpol zu fahren.
Papa, der Sohn von Opa und Oma, erlebte viel. Er wanderte mit dem Rucksack durch Amerika, fuhr mit dem Motorrad nach Afrika und radelte fast bis nach Indien. Sogar als er Mama kennenlernte und Uwe auf die Welt kam, ging das so weiter. Sie sparten und kauften dann ein altes Auto und einen gebrauchten Wohnwagen. Darin gab es Betten, einen Tisch, eine Kochnische und viel Platz für das Gepäck. Sie konnten damit reisen, wohin sie wollten, und jeden Abend auf einem anderen Platz Rast machen.
Wenn sie von ihren Reisen erzählten und Bilder zeigten, wurde Opa ganz zapplig.
»Laß uns auch einen Wohnwagen kaufen«, sagte er zu Oma.
»Wo denkst du hin«, sagte Oma und lachte. »In unserem Alter ist das nichts mehr.«
Mit der Zeit hatte Opa nur noch einen Wunsch: Er wollte einmal mit dem Wohnwagen reisen, kreuz und quer durch die Welt. Und ein wenig neiderfüllt fragte er Mama und Papa, wohin dieses Jahr die Reise gehen sollte. In die Türkei, nach Kamtschatka oder gar nach Feuerland?
»Nichts von alledem«, sagte Papa. »Wir fahren in denselben Ort wie ihr.«
Mama hatte die Idee gehabt. Sie hoffte, daß Oma und Opa gelegentlich auf Uwe aufpaßten, während sie mit Papa allein etwas unternahm.
»Tut ihr uns den Gefallen?« fragte sie.
»Nur, wenn ihr mir auch einen Gefallen tut«, sagte Opa.
Er wollte ein einziges Mal nicht mit Oma in der Eisenbahn

fahren, sondern endlich mit dem Wohnwagen. Das paßte gut, denn Uwe quengelte, weil er lieber Eisenbahn fuhr. Also machte sich Oma mit Uwe auf die Reise, und Opa setzte sich zu Mama und Papa ins Auto.
Er war sehr aufgeregt.
Auf den Knien hatte er mehrere große Landkarten liegen. Er verlangte ständig, daß Papa einen Umweg fuhr, weil es dort eine Burg, da einen See oder sonstwas gab. Dazu wollte er jede Stunde einkehren, dann wieder die Füße vertreten, und gleich danach mußte Papa schon wieder anhalten, weil Opa noch etwas anderes eingefallen war. So kamen sie nur langsam voran. Eigentlich hatten sie gegen Mittag bereits an der Grenze sein wollen. Doch es wurde Abend, ehe sie so weit waren.
»Wenn wir so weitermachen, sind die Ferien vorbei, ehe wir ankommen«, seufzte Papa.
»Laß uns am Steuer abwechseln, dann können wir die Nacht durchfahren«, sagte Mama.
»He, haltet an!« rief Opa. »Wir wollen ein Lagerfeuer machen und dann in den Wohnwagen kriechen!«
Doch Mama und Papa fuhren weiter. Mama drehte sich nur um und sagte: »Mach es dir bequem und schlaf ein wenig.«
So hatte sich Opa diese Fahrt nicht vorgestellt. Er freute sich auf die Nacht im Wohnwagen und hatte keine Lust, auf einem Autositz einzunicken.
»Meinetwegen fahrt, so lange ihr wollt«, sagte er, »aber laßt mich umsteigen und zu Bett gehen.«
Papa erklärte ihm, daß es ganz, ganz streng verboten war, sich während der Fahrt in einem Anhänger aufzuhalten. Der könnte umkippen oder sich losreißen und in einen Ab-

grund rollen. Aber das kümmerte Opa nicht, er wollte schlafen, und zwar im Wohnwagen. Um endlich Ruhe zu haben, gaben Papa und Mama nach. Papa hielt an, Opa stieg um.
Als sie wieder fuhren, hatte Opa Mühe, das Gleichgewicht zu wahren. Der Wohnwagen schwankte und schaukelte. Opa fiel dreimal hin, ehe er ausgezogen war und sein langes Nachthemd anhatte. Doch dann war es wunderbar, im Bett zu liegen, leise hin und her zu rollen und schließlich einzuschlafen.
Papa und Mama vorn im Auto hörten Radiomusik und rauchten. Die Straße hatte viele Kurven. Manchmal kamen sie durch ein Dorf, dann bellten Hunde hinter ihnen her. Der Himmel war klar und der Mond war rund.
Nach einer Weile hielt Papa an. Nun sollte Mama weiterfahren. Sie stiegen aus, holten tief Luft und liefen ein paar Schritte hin und her.
Hinten im Wohnwagen wachte Opa auf, als das Rütteln aufhörte. Schlaftrunken kletterte er aus dem Bett, fuhr in seine Schuhe und sprang nach draußen. Welch eine Nacht, dachte er.
Mama und Papa waren gerade wieder eingestiegen.
Mama gab Gas.
Das Auto mit dem Wohnwagen verschwand.
Hinter einer Kurve blinkten noch einmal die roten Lichter auf. Das Brummen wurde immer leiser, dann war alles ganz still.
Auf der Straße unter dem Sternenhimmel stand einsam und verlassen Opa in seinem langen weißen Nachthemd.
Er wußte sofort, daß es keinen Zweck hatte, hinterherzulaufen, zu rufen und zu winken. Zudem zitterten seine Knie

ganz merkwürdig, so daß er sich auf einen Stein setzen mußte, um nachzudenken.
Werden sie mich wiederfinden, überlegte er, oder muß ich hier verhungern und verschmachten? Wie wird es Oma aufnehmen? Wird sie weinen, oder ist sie vielleicht sogar froh, daß sie mich los ist?
Als Opa soweit gedacht hatte, hörte er Motorengeräusch.
Ha, sie haben bereits gemerkt, daß ich fehle, sagte er sich, kletterte auf den Stein und begann heftig die Arme zu schwenken.
Ein fremdes Auto fuhr auf Opa zu und stoppte. Opa sprang vom Stein und lief zu dem Wagen hin. Er sah, wie der Fahrer ihn entsetzt anstarrte, eine Hand vor das Gesicht hob und dann schnell weiterfuhr.
Opa konnte es nicht fassen: Der Kerl ließ ihn einfach hier stehen!

Noch drei Autos kamen vorbei, und immer war es das gleiche: die Fahrer sahen ihn, gaben Gas und verschwanden.

Sie halten mich für ein Gespenst und lassen mir nicht mal Zeit, ihnen alles zu erklären, dachte Opa. Es hilft nichts, ich muß mich zu Fuß auf den Weg machen.

Langsam wurde der Himmel hell.

Nicht weit entfernt lagen einige Gehöfte. Dort waren die Leute schon wach. Die Männer hantierten in den Ställen, die Frauen hängten Wäsche auf, und einige Kinder tobten über den Hof.

Plötzlich stand Opa unter ihnen.

Ein Mann ließ klappernd eine Milchkanne fallen. Eine Frau warf sich die Schürze über den Kopf. Alle anderen starrten ihn verblüfft an.

Opa redete auf sie ein, doch sie verstanden ihn nicht.

Sie riefen einander etwas zu, aber das verstand Opa wieder nicht.

Endlich kam aus einem der Häuser ein junger Mann, der den anderen übersetzen konnte, was Opa erzählte. Es dauerte eine ganze Weile, ehe sie alles begriffen.

Und dann – dann lachten sie. Sie lachten Opa aus.

Er wollte zuerst richtig böse werden, aber schließlich lachte er auch.

Sie brachten eine alte Latzhose, die er über sein Nachthemd zog. Er bekam zu essen und zu trinken. Dann fuhr ihn der junge Mann mit einem Lastwagen in den nächsten Ort zur Polizei.

Und dort wartete man bereits auf ihn!

Gegen Morgen hatte Mama nämlich an einer Tankstelle

gehalten, wo es außer Benzin auch heißen Kaffee gab. Papa hämmerte an den Wohnwagen, um Opa zu wecken. War das ein Schreck, als sie entdeckten, daß sie Opa verloren hatten!

Papa wollte sofort umkehren, aber Mama hielt ihn zurück. Sie meinte, dafür wäre die Polizei da.

Auf der Station telefonierte man nach allen Richtungen, daß ein älterer Herr im Nachthemd verschwunden sei und man ihn bitte abliefern möchte, falls man ihn fände. Papa gab die Adresse von Omas Hotel an.

Mama und Papa warteten eine ganze Weile, ob jemand sich meldete, dann fuhren sie langsam und bedrückt weiter.

Wie würde Oma alles aufnehmen?

Oma stand fröhlich auf dem Balkon und winkte. Sie rief: »Wo bleibt ihr so lange? Wir warten auf euch!«

Links neben ihr tauchte Uwe auf.

Und rechts stand mit einemmal Opa! Außer dem Nachthemd und der Latzhose trug er eine Polizeimütze. Einer der Polizisten, die ihn gebracht hatten, hatte sie liegenlassen.

Wer Opa in der nächsten Zeit allerdings auf das Reisen im Wohnwagen ansprach, bekam zur Antwort, daß es auch einiges für sich hat, neben Oma auf dem Balkon zu sitzen.

Die Geschichte vom Schiff

Eine dicke Frau und ein dünner Mann fuhren nach dem Süden.

Dort legten sie sich in den Sand, die dicke Frau auf den

Rücken und der dünne Mann auf den Bauch. Sie ließen sich von der Sonne bescheinen. Hin und wieder drehten sie sich um, die dicke Frau auf den Bauch und der dünne Mann auf den Rücken. Dabei schwiegen sie.
Manchmal badeten sie.
Wenn der dünne Mann bis zum Bauch ins Wasser gewatet war, bekam er blaue Fingerspitzen und mußte sich wieder in den heißen Sand legen. Die dicke Frau dagegen schwamm munter umher und konnte nicht genug bekommen.
In einiger Entfernung war quer durch das Wasser eine Kette gespannt. Wenn die dicke Frau sich anschickte, weiter hinaus zu schwimmen, brüllte der Strandaufseher sofort etwas durch seine Sprechtüte. Er brüllte in einer fremden Sprache. Obwohl ihn die dicke Frau nicht verstand, wußte sie, was er wollte: Sie sollte umkehren, weil hinter der Kette das Schwimmen verboten war. Warum es verboten war, wußte die dicke Frau allerdings nicht. Das Wasser war glatt und ohne Strudel und Untiefen. Sie wäre gern viel weiter hinaus geschwommen.
Sie schwamm gut und ausdauernd.
Wenn die dicke Frau wieder neben dem dünnen Mann am Strand lag, sehnte sie sich danach, einmal so weit zu schwimmen, wie sie konnte.
»Woran denkst du?« fragte der dünne Mann.
Weil sie fast immer schwiegen, hielt es die dicke Frau für überflüssig, ihm zu antworten.
Eines Tages ankerte nicht weit entfernt ein Schiff. Man konnte zwar nicht erkennen, woher es kam und wie es hieß, aber man sah, daß es ein Frachter mit zwei Ladebäumen war.

Die dicke Frau malte sich aus, wie es wäre, wenn sie dorthin schwamm. Es konnte nicht allzu weit sein. In einer Stunde wäre sie sicher da. Vielleicht käme ihr eine Barkasse entgegen. Sie würde an einer Strickleiter hochklettern. Inzwischen hätte man an Deck einen Tisch mit tropischen Leckerbissen aufgebaut. Der Kapitän würde angeregt mit ihr plaudern. Sie hatte oft genug gelesen, daß Kapitäne besonders reizende und anziehende Männer waren. Endlich würde sie winkend wieder ins Wasser gleiten, zurückschwimmen und sich schweigend neben den dünnen Mann in die Sonne legen.
Die dicke Frau seufzte tief.
»Ist was?« fragte der dünne Mann. Doch sie gab keine Antwort.
Sie stand auf, nahm ihre Badekappe und ging ins Wasser. Sie schwamm unter der Kette hindurch, und niemand rief sie zurück. Wahrscheinlich hatte auch der Aufseher für nichts anderes Augen als für das Schiff.
Sie schwamm und schwamm.

Es war weiter, als sie gedacht hatte.
Nach und nach konnte sie auf dem Schiff etwas erkennen. Dort rannten Matrosen umher, die irgendwas über Bord kippten, das sie in Kübeln anschleppten. Dann stießen sie mit Stangen ins Wasser, als wollten sie jemanden abwehren oder vertreiben.
Die dicke Frau sah sich um. Der Strand war nur noch ein schmaler, heller Strich.
Dafür kam das Schiff immer näher.
Sie konnte bereits hören, wie einer der Matrosen etwas rief. Sie sah, wie die andern herbeiliefen und in die Richtung sahen, in die er wies. Er zeigte auf sie! Man hatte sie entdeckt!
Jetzt erhoben die Matrosen ein wildes Geschrei.
Es sind Freudenschreie, dachte die dicke Frau und gab lustig Antwort.
Die Matrosen fuchtelten mit den Armen, und die dicke Frau winkte zurück.
Sie schwamm jetzt, so schnell sie konnte. Sie freute sich auf den Empfang. An Bord liefen immer mehr Männer zusammen. Aus dem Schiffsinnern stürzten die Heizer, von den Aufbauten kletterten die Offiziere. Gleich wird man mich dem Kapitän melden, und er wird das Tischchen mit dem Imbiß richten lassen, dachte die dicke Frau. Vielleicht läßt er sogar flaggen.
Da hörte sie hinter sich Motorengeheul. Sie drehte sich um und sah ein Polizeiboot geradewegs auf sich zukommen.
Es will sicher zum Schiff und muß mich nicht unbedingt hier finden, sagte sie sich und schwamm einen Bogen. Das Polizeiboot kurvte hinter ihr her.

Eine Hand versuchte, sie zu packen.
Sie riß sich los.
Das Boot schoß an ihr vorbei.
Dahinter kamen lange Wellen, die über ihr zusammenschlugen. Sie schluckte Wasser und mußte keuchen und husten.
Einer der Männer im Polizeiboot stand aufrecht und rief ihr etwas zu. Es war in dieser fremden Sprache, von der sie kein Wort verstand.
Und sie wollte auch nichts verstehen! Sie wollte schwimmen und in Ruhe gelassen werden.
Plötzlich legte sich etwas Schweres um ihren Hals. Sie fuchtelte und strampelte, doch sie konnte sich nicht wehren.
Sie wurde rasend schnell durch das Wasser gezogen.
Das Schiff wurde kleiner und kleiner.
Am Strand standen viele Leute, die aufgeregt miteinander redeten. Mitten unter ihnen stand der dünne Mann und

sagte nichts. Das Polizeiboot näherte sich dem Strand. Es schleppte etwas an einer langen Leine hinter sich her. Sie sahen, daß es die dicke Frau war, die in einem Rettungsring hing. Das Boot drehte bei, und die dicke Frau kullerte in den Sand.

Sie sprang sofort auf, schimpfte und stampfte mit den Füßen. So wütend war sie noch nie in ihrem Leben gewesen. Doch niemand schien ihr böse zu sein. Fremde Leute streichelten und umarmten sie, als freuten sie sich, daß sie gesund und munter war.

Vom Schiff her näherte sich eine Barkasse. Am Bug stand der Kapitän. Er sah nicht ganz so prächtig aus, wie ihn sich die dicke Frau vorgestellt hatte. Er sprang an Land und kam auf sie zu. Er legte die Hand auf ihre Schulter und sprach auf sie ein. Sie konnte verstehen, was er sagte.

Und weil sie ihn verstand, zitterten ihr plötzlich die Knie, und sie mußte sich in den Sand setzen.

Er sagte, daß auf dem Schiff eine Ladung Fleisch schlecht

geworden war. Sie mußten einige Stunden ankern, um es über Bord zu kippen. Die Matrosen hätten der Frau zugerufen, sie möge schnell umkehren. Das hätte sie aber nicht begriffen und wäre immer näher heran geschwommen. Sie hätten an Bord keine andere Wahl gehabt, als um das Polizeiboot zu funken. Und die Männer hätten keine Zeit gehabt, lange mit ihr zu verhandeln.
Denn – und die dicke Frau träumte noch jahrelang davon –, denn um das Schiff herum wimmelte es von Haien!
Eine Woche blieben die dicke Frau und der dünne Mann noch da. Meist lagen sie schweigend nebeneinander im Sand. Manchmal badeten sie.
Die dicke Frau schwamm nie weiter als bis zur Kette.

Die Geschichte von der neuen Wohnung

Mama konnte leider nicht mitkommen, weil das Baby krank war. Darum fuhren Papa und Paulchen am Wochenende allein zu Großmama, um sich die neue Wohnung anzusehen.
Seit Onkel Poldi ausgezogen war, brauchte Großmama nicht mehr soviel Platz. Sie hatte lange gesucht, ehe sie genau das fand, was sie sich vorstellte. Die Fenster der neuen Wohnung gingen auf einen stillen Hof mit Bäumen, aber wenn Großmama wollte, konnte sie von der Küche aus auf die Straße sehen. Dort wimmelte es von Leuten, und es gab viele Läden. Autos durften in dieser Straße nicht fahren.

Großmama hatte zwei Zimmer, eine Küche und ein Bad. Es gefiel Papa und Paulchen gut in Großmamas neuer Wohnung.
»Nur eins wundert mich«, sagte Papa. »Warum wohnst du in dem kleinen Zimmer und schläfst in dem viel größeren nebenan? Umgekehrt wäre es doch viel praktischer.«
Großmama gab keine Antwort, sondern erzählte lang und breit von Onkel Poldi.
Beim Abendessen fing Papa wieder davon an, und wieder wich Großmama aus. Jetzt wollte sie genau wissen, wie es Mama und dem Baby ging.
Doch Papa gab nicht nach, bis Großmama endlich antwortete.
»Weil es nachts in dem kleinen Zimmer spukt«, sagte sie, »darum kann ich dort nicht schlafen.«
»Richtig mit Geistern und Gespenstern und so?« fragte Paulchen.
Papa lachte nur.
»Das ist nicht zum Lachen«, sagte Großmama. »Nachts knackt und knarrt es, so als ob jemand ständig umher-

wanderte. Anfangs war das hier mein Schlafzimmer. Aber ich konnte kein Auge zutun. Eines Morgens habe ich dann den Hausmeister gerufen. Er hat mir beim Umräumen geholfen. Und wie es jetzt ist, so bleibt es auch.«
Papa sagte: »Du weißt so gut wie ich, daß es keinen Spuk gibt!«
»Dann wird es dir sicher nichts ausmachen, heute nacht hier auf dem Sofa zu schlafen. Paulchen darf nebenan zu mir ins Bett«, sagte Großmama etwas eingeschnappt.
Aber Paulchen wollte unbedingt mit Papa zusammen in diesem Zimmer bleiben. Er drängte so lange, bis ihm Großmama aus zwei Sesseln, die sie zusammenschob, ein Bett machte.
Papa auf dem Sofa und Paulchen auf den Sesseln erstickten fast unter Großmamas dicken Federbetten.
»Stell bitte die Heizung ab, sonst kommen wir um!« rief Papa, ehe Großmama ging.
Dann schliefen beide fest ein.
Paulchen wachte auf, als unter dem Fenster etwas knackte. Gleich darauf knarrte es bei der Kommode und dann unter seinen Sesseln.
Zuerst war Paulchen noch schlaftrunken, aber bald wußte er genau, wo er war. Da hinten auf dem Sofa lag Papa und schnarchte.
»Papa«, rief Paulchen, »wach auf, der Spuk fängt an!«
Er mußte aufstehen und ihm das Federbett wegziehen, ehe Papa munter wurde – und ärgerlich, weil er es nicht mochte, mitten in der Nacht geweckt zu werden.
»Hör doch, Papa«, sagte Paulchen«, es spukt!«
Es war ganz still im Zimmer. Papa hörte nichts. Er warf

sich auf die Seite und zog sich das Federbett über den Kopf.
Da knackte es laut neben seinem Sofa.
Jetzt setzte sich Papa auf und lauschte.
Nun kam das Geräusch von der Tür her und dann gleich ein paarmal vom Fenster.
»Ich habe ein bißchen Angst«, flüsterte Paulchen.
Papa beruhigte ihn. »Hör zu«, sagte er, »es ist nur das alte Parkett. Das Holz war am Tag warm. Nun wird es kalt, weil wir die Heizung abgestellt haben. Darum knackt es. Laß uns schlafen. Morgen erklären wir alles der Großmama.«
Doch Großmama glaubte weiter an den Spuk. Sie wehrte sich, so gut sie konnte, aber Papa setzte seinen Willen durch. Er rief den Hausmeister und bat ihn, beim Umräumen zu helfen. Und der fand ganz richtig, was Papa anordnete.
»Auch die Leute, die vorher hier gewohnt haben, schliefen in dem kleinen Zimmer und wohnten im großen«, sagte er. »Es waren nette Leute, schade um sie!«
»Wahrscheinlich haben sie das nicht lange ausgehalten und sind weggezogen«, sagte Großmama spitz.
»Ach nein«, erwiderte der Hausmeister, »sie könnten immer noch hier wohnen, aber sie haben sich nicht mehr vertragen. Er ist mitten in der Nacht davongelaufen. Und eine Weile später ist sie dann ausgezogen.«
Leider hatte der Hausmeister jetzt keine Zeit, Papa beim Möbelrücken zu helfen, er mußte mit seiner Frau Wäsche waschen. Doch morgen früh, gleich nach dem Frühstück, wollte er kommen.

Gut, damit war Papa einverstanden. Es durfte nicht zu spät werden, denn gegen Mittag wollten er und Paulchen wieder heimfahren.

Papa und Paulchen verbrachten einen vergnügten Tag mit Großmama.

Und abends lagen sie wieder unter ihren dicken Federbetten.

»Was auch immer heute nacht passiert, bitte, laß mich in Ruhe schlafen«, sagte Papa, knipste das Licht aus und drehte sich auf die Seite.

Halb schlief Paulchen schon, halb war er noch wach.

Manchmal knackte das alte Parkett. Irgendwo im Haus rauschte die Wasserleitung. Das Sofa knarrte, wenn Papa sich bewegte.

Paulchen kannte alle Geräusche und wußte, woher sie kamen.

Ihm war nicht bange.

Gleich würde er einschlafen und etwas Lustiges träumen.

Er sah sich noch einmal im Zimmer um. Er konnte alles gut erkennen. Sicher träumte er schon, daß die Klinke ganz, ganz langsam nach unten ging. Denn wer sollte wohl jetzt die Tür öffnen?

Paulchen machte die Augen zu und gähnte.

Er drehte sich zur Wand.

Sollte es knacken und knarren, soviel es wollte.

Selbst als er jetzt etwas hörte, was wie Schritte klang, hatte Paulchen keine Angst. Mochten die seinetwegen immer näher kommen!

Und was jetzt über sein Gesicht strich, war sicherlich nichts anderes als eine Gardine, die sacht hin und her wehte.

Plötzlich war Paulchen wieder wach, aber er wagte nicht, die Augen aufzumachen.
Das war keine Gardine.
Auf seinem Gesicht lag eine Hand!
Sie war warm und fest und bewegte sich. Sie glitt über seine Stirn und dann in sein Haar.
Paulchen rührte sich nicht. Er dachte auch nichts. Er war nur ganz kalt an den Händen und an den Füßen.
Er hörte, wie jemand über ihm atmete.
Wie dumm! Das war natürlich Papa, und es war Papas Hand auf seinem Kopf!
Doch dann bewegte sich Papa hinten auf dem Sofa.
Über Paulchen aber atmete es weiter. Das war nicht Papa!
»Da bin ich wieder«, flüsterte eine Stimme.
Paulchen wollte etwas sagen, doch es war merkwürdig, er brachte keinen Ton heraus.
»Jetzt bleibe ich da«, sagte die Stimme.
Mit einem Satz fuhr Paulchen hoch. Er rief: »Mach Licht, Papa, bitte, mach Licht!«
Neben ihm polterte es.
Dann war es hell im Zimmer. Papa stand auf dem Sofa und rief: »Was tun Sie hier?«
Auf dem Teppich saß ein Mann und stotterte verwirrt: »Wer sind Sie?«
»Das werde ich Ihnen erklären, und dann werden Sie mir sagen, was Sie hier suchen«, rief Papa, packte den Mann und zerrte ihn in die Küche.
Paulchen schlich hinterher. Er verstand nicht alles, was Papa und der Mann miteinander sprachen. Doch soviel verstand er, daß es der Mann war, der vorher hier gewohnt hatte

und seiner Frau davongelaufen war. Er trug noch immer den Schlüssel bei sich. Heute war er zurückgekommen. Er wußte nicht, daß seine Frau nicht mehr da war.
Papa holte Großmamas Likörflasche und sagte: »Bestimmt weiß der Hausmeister, wo Ihre Frau jetzt wohnt!«
»Entschuldigen Sie bitte«, sagte der Mann. Dann ging er.
Papa legte Paulchen ins Sesselbett, deckte ihn zu und sagte: »Wir wollen Großmama nichts erzählen. Es soll unser Geheimnis bleiben.«
Dann legte er sich aufs Sofa und schlief ein. Paulchen konnte nicht so schnell einschlafen wie Papa. Ihm fiel ein, daß Großmama um ein Haar dies alles erlebt hätte, wenn der Mann nur einen Tag später gekommen wäre. Und Großmama wäre vor Schreck sicher umgefallen.
Das mußte er unbedingt noch mit Papa besprechen. Er rief leise: »Papa!« Und dann immer lauter: »Papa, Papa!«
Papa setzte sich stöhnend auf.
»Selbst wenn es jetzt ein Erdbeben gibt, bitte, laß mich schlafen!« sagte er und fiel wieder um.
Großmama kennt das Geheimnis bis heute nicht.
Sie weiß auch nicht, woher der Schlüssel stammt, der am nächsten Morgen in ihrem Briefkasten lag.
Und an das Knacken und Knarren nachts hat sie sich gewöhnt und wacht nicht mehr davon auf.

Die Geschichte vom Sperrmüll

»Morgen ist Sperrmüll«, erzählte der Briefträger in jedem Haus.

Wieder so etwas Neumodernes, dachten die Leute im Dorf. Bisher hatte die Müllhalde gereicht. Dorthin hatte man alles geschafft, was alt und überflüssig war. Und gleich gestöbert, ob etwas von dem, was andere abgeladen hatten, noch brauchbar war.

Damit sollte es nun vorbei sein. Seit drei Wochen war die Müllhalde mit einem Drahtzaun versperrt. Gustav, der Gemeindediener, sagte streng: »Ab sofort muß alles in die Mülltonne. Und die wird jeden Dienstag geleert!«

Schön und gut, aber was war mit alten Kühlschränken, mit Schweinetrögen, Balken und Fensterrahmen? Mit allem, was groß und sperrig war?

»In die Tonne«, sagte Gustav.

»Quatsch«, sagte der Briefträger, »das geht mit dem Sperrmüll weg.«

Wie gut, daß der Briefträger immer Bescheid wußte und alles erklären konnte. Er verstand nicht nur die amtlichen Nachrichten in der Zeitung, sondern auch die modernen Fernsehspiele. Man konnte ihn einfach alles fragen. Allerdings bekamen dann die Leute in der Siedlung ihre Post reichlich spät. Aber das waren sie gewohnt. Der Briefträger kam nämlich auch später, wenn jemand im Dorf Geburtstag hatte, denn dann mußte er auf das Wohl des Geburtstagskindes anstoßen.

»Mit dem Sperrmüll ist das ganz einfach«, sagte er. »Ihr stellt alles, was ihr nicht mehr haben wollt und was nicht

in die Mülltonne paßt, an den Straßenrand. Dann kommt das Sperrmüllauto und holt es weg.«
»Aber wenn es vorher geklaut wird, was dann?« fragte Oma Kiesewetter.
Da mußten alle lachen. Das konnte denen vom Sperrmüll doch nur recht sein, dann hatten die weniger Arbeit.
»In der Stadt«, sagte der Briefträger, »gehen viele Leute los, kramen in den Klamotten am Straßenrand und nehmen mit, was sie brauchen können. Manche haben ihre ganze Einrichtung vom Sperrmüll.«
»Das wäre mir aber wohl nicht proper genug«, sagte Frau Meier.
Am Sperrmüllmorgen sah Oma Kiesewetter am Straßenrand drei Matratzenteile stehen. Die besah sie sich von allen Seiten. Sie waren tadellos, ohne einen einzigen Fleck. So eine Verschwendung, dachte Oma Kiesewetter, manche Leute haben doch wirklich vor gar nichts Achtung. Sie selbst schlief seit undenklichen Zeiten auf einer Kastenmatratze. Die hatte inzwischen Buckel und Kuhlen. Der Stoff war rissig, und die Federn hielten nur noch, weil Oma Kiesewetter sie mit einem langen Strick zusammengebunden hatte.
Dagegen waren diese Matratzen hier fast neu, höchstens zehn Jahre alt. Unerhört, daß sie in den Sperrmüll sollten.
Es war Oma Kiesewetter gar nicht peinlich, die drei Dinger in ihr Haus zu schleifen. Peinlich war ihr nur, dafür die alte Matratze nach draußen zu stellen, wo alle sehen konnten, in welchem Zustand sie war. Doch um sie auf den Dachboden zu schaffen, war die Luke zu klein, und an Verbrennen war mit dem Ölofen nicht zu denken. Es blieb Oma Kiesewetter nur übrig, sie anderen Leuten vor die Tür zu stellen.

Am besten denen in der Siedlung, die angeblich vor lauter Hausbauen ohnehin kaum Möbel in der Wohnung hatten.
Oma Kiesewetter begann, die Matratze in Papier zu wickeln und mit Bindfaden zu verschnüren. Niemand sollte sehen, was sie da fortschaffte.
Der Briefträger war an diesem Tag fast ohne Aufenthalt durch das Dorf gekommen. Als er Frau Meier die Post gab, staunte er. Im Vorgarten standen ein Sofa, zwei Sessel, ein Tisch, ein Regal, fünf Stühle sowie ein Bild mit Goldrahmen.
»Etwa alles Sperrmüll?« fragte er.
»Wo denken Sie hin«, sagte Frau Meier eingeschnappt, denn sie war stolz auf ihre Möbel. »Ich streiche mein Zimmer, dazu brauche ich Platz.«
In der Siedlung blieb der Briefträger schließlich doch noch hängen. Gustav, der Gemeindediener, wurde sechsundsiebzig. Ein schönes Alter, auf das sie anstoßen mußten.
Nach dem ersten Glas sagte Gustav, daß man auf einem Bein nicht stehen kann. Nach dem zweiten, daß aller guten Dinge drei sind. Dann, daß ein Pferd vier Beine hat, und danach, daß fünf Finger zur Hand gehören. Später ließ er die dummen Sprüche. Sie zählten nicht mehr, wieviel sie tranken.
Schließlich brach der Briefträger auf. Wacklig stolperte er die Treppe runter, schwang sich auf sein Rad und merkte plötzlich, daß er ganz niedrig im Sattel saß.
Er trat kräftig in die Pedale, doch die wollten sich nicht drehen. Er stieß mit den Füßen ab, doch das Rad wollte nicht rollen.
»Womit hat mich Gustav vergiftet?« murmelte er, denn er hatte zudem das Gefühl, als ob die Straße wogte. Er blinzelte, und da sah er plötzlich, daß sein Rad keine Räder hatte.

In diesem Moment kam Oma Kiesewetter vorbei. Sie zog einen Handwagen, auf dem ein riesiges, verschnürtes Paket lag. Als sie den Briefträger auf den Resten seines Fahrrades sitzen sah, blieb sie stehen und bog sich vor Lachen.
Der Briefträger verstand keinen Spaß, wenn er im Dienst war. Er zeigte auf das Paket und sagte: »Das nimmt dir die Post nicht ab, das ist zu groß, das mußt du mit der Bahn schicken.«
Oma Kiesewetter sagte: »Und wenn du etwas vermißt, mußt du auf dem Schulhof danach suchen.« Damit zog sie weiter.
Auf dem Schulhof waren die Kinder damit beschäftigt, eine Raumstation zu bauen. Was sie dazu brauchten, hatten sie am Straßenrand gesammelt. Eben montierten sie das Radargerät. Ein Rad drehte sich bereits auf einem Stuhlbein. Das andere riß ihnen der Briefträger aus der Hand.
Da stürzte die Raumstation zusammen.
Die Kinder brüllten.
Der Briefträger zeterte: »Was fällt euch ein, mein Fahrrad auseinanderzunehmen!«
»Das war doch Sperrmüll!« riefen die Kinder.
Der Briefträger wäre am liebsten aus der Haut gefahren. Wenn seine Vorgesetzten erfuhren, daß sogar die Kinder sein Dienstfahrzeug für Schrott hielten, würde er hoffentlich ein Moped bekommen, wie die anderen Kollegen auch! Doch noch hatte er dieses Moped nicht.
Er raffte die beiden Räder an sich und stürzte davon. Unterwegs rannte er fast Frau Meier um. Sie lief weinend durch die Straßen und suchte ihre verschwundenen Möbel.
»Alles weg«, jammerte sie, »ich bin ruiniert!«
Der Briefträger hatte seine eigenen Sorgen und keine Zeit

für Frau Meier. Er lief weiter, ohne sich aufzuhalten, und sprang nur beiseite, als ihm das Sperrmüllauto entgegenkam. Als er vor Gustavs Haus ankam, konnte er kaum noch schnaufen. Er sah sich um.
Die Straße war leer.
Auch der Rahmen von seinem Rad war fort.
Das war klug von Gustav, daß er den Rahmen ins Haus geholt hat, dachte der Briefträger und begann zu rufen. Es dauerte lange, bis Gustav am Fenster erschien.
»Gib den Rahmen her!« schrie der Briefträger. Aber Gustav verstand kein Wort, weil Oma Kiesewetter eben mit ihrem leeren Handwagen vorbeiratterte.
Kurz und gut, es stellte sich heraus, daß die Männer vom Sperrmüll den Rahmen mitgenommen hatten. Der Briefträger mußte tagelang die Post zu Fuß austragen. Endlich hatte seine Dienststelle die ganze Angelegenheit überprüft. Er bekam einen Verweis und ein Moped. Die alten Räder überließ er endgültig den Kindern.
Von Frau Meiers Möbeln wußte niemand etwas. Doch es war merkwürdig: nach und nach standen alle wieder vor ihrer Tür.
Oma Kiesewetter versuchte, die drei Matratzenteile in ihren Bettrahmen zu legen. Aber ach du Schreck, sie paßten nicht hinein, weder so noch so. Sie türmten sich auf wie ein Gebirge und waren viel zu groß.
Sobald es dunkel war, lief Oma Kiesewetter wieder mit dem Handwagen durch das Dorf und in die Siedlung. Ihre alte Matratze war noch da. Zwischen einem Kaninchenstall und einer Garage hatten auch die Leute vom Sperrmüll sie nicht gefunden.

Nun liegt Oma Kiesewetter wieder in ihrer alten Kuhle. Die drei schönen Matratzen hat ihre Enkeltochter bekommen. Die studiert in der Stadt.
Dort ist der Sperrmüll nicht mehr das, was er mal war.

Die Frühlingsgeschichte

Es waren einmal ein Mann und eine Frau.
Die saßen an einem Frühlingsnachmittag im Zimmer, tranken Kaffee und aßen Käsekuchen.
Der Himmel war blau, die Sonne schien, und die Vögel zwitscherten.
»Wie schön haben wir es miteinander«, sagte der Mann.
»Gewiß«, sagte die Frau, »es ist nur jammerschade, wie schmutzig die Zimmerdecke über Winter geworden ist. Das liegt am Ofenrohr. Du hast es im Herbst nicht gereinigt, obwohl ich dich zigmal darum gebeten habe. Auch die Gardinen sind mitgenommen, vom Sofa will ich nicht reden, und wenn ich den Teppich ansehe, könnte ich weinen.«
Der Mann goß sich Kaffee ein, nahm noch einmal vom Kuchen, sah hinaus in den Himmel und war glücklich und zufrieden.
»Es wäre eine Kleinigkeit für uns«, fuhr die Frau fort, »alles wieder nett und adrett zu machen. Während ich die Gardinen wasche, das Sofa mit Schaum abreibe und den Teppich klopfe, brauchtest du nur die Decke zu streichen und das Ofenrohr zu fegen.«
Ehe der Mann seinen Kaffee und seinen Kuchen aufessen

konnte, hatte sie die Gardinen bereits abgenommen und in die Waschmaschine gesteckt. Ein Zimmer ohne Gardinen ist kahl und ungemütlich.

Der Mann war nicht mehr allzu glücklich und zufrieden.

»Falls du dich sofort aufmachst und die Farbe holst, könnten wir heute noch alles schaffen«, sagte die Frau und drückte ihm einen Zettel in die Hand. Darauf hatte sie geschrieben, was er alles kaufen mußte: eine Deckenbürste, einen Pinsel für die Ecken und einen Beutel Pulverfarbe.

Unzufrieden und unglücklich machte sich der Mann auf den Weg.

Als er zurückkam, hingen die Gardinen bereits wieder, das Sofa war eingeschäumt und abgerieben und die Möbel beiseite gerückt. In der Zimmermitte stand ein Tisch mit einer Plastikdecke. Flink rührte die Frau in einem Eimer die Farbe an, zog dem Mann eine Kittelschürze über und setzte ihm einen alten Hut auf.

»Halte dich ran, daß du fertig bist, ehe es dunkel wird. Ich habe die Sicherungen herausgeschraubt und die Lampe abmontiert, damit du keinen Schlag bekommst«, sagte sie. »Und gib bitte acht, daß du nicht kleckerst!«

Damit rollte sie den Teppich zusammen, trug ihn auf den Hof und begann ihn zu klopfen.

Der Mann stand auf dem Tisch und strich die Decke.

Besonders schnell kam er nicht voran. Sobald er ein Stück fertig hatte, mußte er hinuntersteigen, um den Tisch weiterzuschieben. Währenddessen stellte er den Eimer auf den Boden, daß keine Farbe überschwappte. Dann hob er ihn wieder hoch, ehe er selbst von neuem hinaufkletterte.

Von Zeit zu Zeit rief die Frau: »Wie geht es dir, mein Schatz?«

Der Himmel wurde rosa, dann rot und dann dunkel.
Teppichklopfen kann man zur Not auch ohne Licht.
Es ist bedeutend schwieriger, eine Decke zu streichen, wenn man kaum noch etwas sieht. Zum Glück war der Mann fast fertig. Er war es leid, für das letzte Stückchen noch einmal den Tisch zu verschieben. Er trat an die Kante und beugte sich so weit vor, wie er konnte.
Dabei geriet er ins Wanken, verlor das Gleichgewicht, setzte sich in den Eimer und fiel mit dem Eimer vom Tisch.
Dem Mann tat alles weh.
Er raffte sich auf, denn er wollte Licht machen. Schon beim ersten Schritt rutschte er aus und setzte sich noch einmal auf den Eimer.
Nun tat ihm alles noch viel mehr weh.
Er tastete sich zum Sofa und legte sich stöhnend hin.
»Ich bin fertig und komme!« rief die Frau. Gleich darauf schob sie die Teppichrolle ins Zimmer.
»Oh, ich bin gespannt, wie es hier aussieht«, sagte sie. »Wo bist du? Ich sehe dich nicht. Wir brauchen Licht. Schraube doch bitte die Lampe fest. Ich drehe inzwischen die Sicherungen ein.«
Der Mann erhob sich, schlurfte auf seinen nassen Schuhen zum Tisch, kletterte hoch, tastete an den Draht, wollte die Fassung anbringen – und bekam einen fürchterlichen Schlag.
Er verlor fast das Bewußtsein, den Halt und das Gleichgewicht. Ehe er mit dem Tisch umkippte, faßte er etwas, an dem er sich festhalten konnte.
Er hing am Ofenrohr, jedoch nur kurze Zeit.
Es brach an zwei Stellen auseinander. Der Mann stürzte ab und fiel mitsamt dem Ofenrohr hin. Er fühlte, wie sich eine

weiche Wolke auf ihn legte. Er mußte husten und spucken.
Alles tat ihm dreimal so weh wie vorher.
Er kroch zurück auf das Sofa.
Die Frau kam ins dunkle Zimmer. Sie stolperte über die Teppichrolle und stieß gegen den Eimer.
»Warum ist es noch dunkel? Bist du nicht in der Lage, die Lampe anzubringen?« fragte sie.
Sie stieg auf den Tisch, und gleich darauf war es hell.
Die Frau sah sich um.
Und wenn sie in diesem Augenblick nicht gestorben ist, dann lebt sie noch heute.

Die windige Geschichte

Nachdem Vater mit dem alten Bauern handelseins war, gehörte das Haus ihnen.

Natürlich mußte vieles gerichtet und ausgebessert werden, weil das Haus jahrelang leer gestanden hatte, doch damit konnten sie sich Zeit lassen, bis sie dort wohnten.

Markus und Bine sprangen davon, um sich ihre Zimmer auszusuchen. So viel Platz hatten sie noch nie gehabt. Markus war dafür, unter das Dach zu ziehen. Bine wollte die Kammer mit der Nische.

Doch dann entdeckten sie das Zimmer mit den vielen Fenstern. Zwei gingen auf den Hof, zwei auf den Garten, und durch eines hätte man weit ins Land sehen können, wenn nicht ein alter Stall die Aussicht versperrt hätte.

Es war das schönste Zimmer im ganzen Haus. Markus und Bine stritten, wer es bekommen sollte.

»Keiner von euch«, entschied die Mutter. »Es wird unser Wohnzimmer.«

Der alte Bauer zog an seiner Pfeife, wiegte den Kopf hin und her und sagte bedächtig: »Das Zimmer sollten Sie fest verschließen!« Mehr nicht.

Es war ein merkwürdiger Rat, und sie sahen keinen Grund, ihn zu befolgen.

Das Zimmer bekam lustige geblümte Tapeten, Mullgardinen und sogar einen Teppichboden.

Nachdem sie sich im Haus eingerichtet hatten, luden Vater und Mutter die Nachbarn ein, um Bekanntschaft zu schließen. Sie führten sie überall herum. Alle staunten, was aus dem Haus geworden war.

»Es soll noch viel schöner werden«, sagte Vater.
»Können wir helfen?« fragten die Nachbarn.
Der eine war Maurer, der andere Zimmermann. Vater freute sich, als sie versprachen, jeden freien Samstag zu kommen. Und Mutter freute sich, daß die Frau des Maurers ihr beim Putzen helfen wollte.
Markus und Bine rissen die Wohnzimmertür auf und riefen: »Jetzt gibt es was zu essen!«
Auf dem Tisch warteten ein Kuchen und eine Flasche Wein. Doch die Nachbarn standen auf der Schwelle und waren nicht zu bewegen, das Zimmer zu betreten. Plötzlich hatten sie es eilig.
Der Maurer mußte zum Zahnarzt, seine Frau hatte die Suppe auf dem Herd vergessen, und der Zimmermann wollte seinen Garten harken.
Alle rannten davon.
Als tags darauf die Frau des Maurers kam, putzte sie mit Feuereifer alles, vom Keller bis zum Dachboden. Aber das Wohnzimmer betrat sie nicht.
»Wenn ich bloß wüßte, warum sie alle einen Haken um dieses Zimmer schlagen«, sagte Vater beim Abendessen.
»Weil es darin umgeht«, sagte Bine.
»Ja!« rief Markus, »da soll ein böser Mann gelebt haben, der die Leute geschunden hat. Nun muß er über seine eigenen Untaten heulen.«
»Und«, sagte Bine, »sein Hund heult mit, weil er noch viel böser als der Herr war, und seine Frau stöhnt und jammert darüber, daß die beiden keine Ruhe finden!«
»So etwas Verworrenes habe ich noch nie gehört«, sagte Vater. »Wer erzählt euch denn diese Geschichten?«

»Die Kinder in der Schule, die Nachbarn und die Leute im Laden«, sagten Markus und Bine.
Im Wohnzimmer war es ruhig, wie an jedem anderen Tag. Vater, Mutter, Markus und Bine setzten sich um den Tisch und spielten Quartett. Es war warm und gemütlich.
»Das ist doch Quatsch, was die Leute reden«, sagte Vater.
Draußen erhob sich der Wind. Die Fensterläden klapperten. Ein Seufzer erklang.
Vater sah Mutter an: »Ist dir nicht wohl?«
Aber nicht Mutter hatte geseufzt.
Irgend jemand im Zimmer stöhnte jämmerlich.
Plötzlich heulten im Zimmer zehn unsichtbare Hunde.
Eine Frauenstimme schien zu schreien, dann schwoll es an wie Orgelspiel und ging zuletzt in ein gräßliches Pfeifen über.
Mutter hielt sich die Ohren zu.
»Spielen wir weiter?« rief Vater laut.
Aber niemand hatte mehr Lust. Sie sagten einander gute Nacht und gingen zu Bett. In den anderen Räumen war nichts zu hören außer dem Wind.
Der wehte noch tagelang.
Und so lange war es im Wohnzimmer nicht auszuhalten.
»Das habe ich vorausgesehen!« sagte die Frau des Maurers.
Am Samstag kamen der Maurer und der Zimmermann.
»Womit fangen wir an?« fragten sie.
Vater und Mutter waren dafür, zuerst den alten Stall abzureißen, der die Aussicht versperrte. An seiner Stelle sollte es eine Terrasse geben, und vom Wohnzimmer sollte eine Tür direkt nach draußen führen.
»Damit wir ausreißen können, wenn die Geister heulen«, sagte Markus.

Die Männer schüttelten den Kopf. Das war nicht zum Scherzen. Sie machten sich an die Arbeit. Vater, Markus und Bine halfen. Der Stall war aus Lehm gebaut, er ließ sich leicht wegreißen, denn Lehm ist mürbe.
Mutter und die Frau des Maurers fuhren mit dem Schubkarren den Schutt weg und ebneten damit gleich die alte Mistgrube ein. So war das eine gut für das andere.
Mit einemmal rief Bine: »Was ist denn das dort?«
Vom Stall war nur noch ein kleiner Mauerrest übrig, und zwar an der Hauswand, hinter der das Wohnzimmer lag. Aus dem Lehm ragte ein Stück vergilbtes Papier. Es war beschrieben.

Vorsichtig kratzte Vater das Papier frei. Dabei zeigte sich, daß dahinter in der Hauswand eine Vertiefung war.
Alle standen um Vater herum, als er vorlas:

»Bauherr, du bist geizig gewest,
hast uns nicht gut leben geläßt,
hast uns um den Lohn genarrt
und an Speis und Trank gespart.
Mußten schuften und uns schinden.
Sollst drum keine Ruh nit finden.
Aus den Wänden und den Steinen
soll dein Geiz zum Himmel weinen.«

Vater griff in das Loch und zog ein paar alte verstaubte Flaschen heraus.
»Das verstehe ich alles nicht«, sagte er.
»Ich schon«, sagte der Maurer. »Mein Großvater hat mir davon erzählt. Das haben sie früher so gemacht, wenn der Bauherr böse und geizig war. Sie haben auf eine ganz bestimmte Art und Weise heimlich Flaschen eingemauert. In die Flaschenhälse ist der Wind gefahren. Dann hat es georgelt und gepfiffen, daß es nicht zum Aushalten war!«
»Wir wissen Bescheid!« rief Mutter. »Gut, daß damit jetzt Schluß ist.«
Sie stellte einen großen Teller mit Broten hin, und Vater brachte Bier.
»Auf das Wohl der guten Bauherren«, riefen der Maurer und der Zimmermann, »denen man so etwas nicht antut!«
Aber Vater ertappte Mutter am Abend, wie sie heimlich die Bierflaschen zählte.

Die kurze Geschichte

Eines Abends war ein Mann ziemlich lange im Wirtshaus. Als er endlich aufbrach, um nach Hause zu gehen, war es draußen stockfinster geworden. Um sich nicht zu verlaufen, borgte er vom Wirt einen Stock. Sein Weg führte nämlich über eine ganz, ganz schmale Brücke. Zu beiden Seiten der Brücke ging es in die Tiefe, tausend Meter oder vielleicht auch nicht ganz soviel.
Der Mann tastete bei jedem Schritt mit dem Stock vor sich her. Dabei stolperte er über einen Stein und schlug lang hin. Alle Knochen taten ihm weh. Er kam wieder auf die Beine, doch der Stock war weg. Er mußte lange suchen, ehe er den Griff in die Hand bekam.
Dann ging er weiter.
Dabei stieß er mit dem Stock nach links – nichts.
Er stieß mit dem Stock nach rechts – auch nichts.
Aha, dachte er, ich bin schon auf der Brücke.

Er tastete vorwärts, um die Richtung nicht zu verlieren. Da stieß er wieder ins Leere.
Meine Güte, dachte der Mann, die Brücke muß eingestürzt sein!
Er drehte sich schnell um, denn er wollte zurückgehen. Wieder stieß der Stock nicht auf.
Wo bin ich? dachte der Mann. Er stocherte mit dem Stock einmal rings um sich. Nichts, überall nichts.
Die Welt ist untergegangen, und ich stehe auf dem letzten Rest Land, dachte der Mann. Regungslos blieb er stehen, bis es dämmerte. Da sah er neben sich das Wirtshaus, vor sich den Weg, dahinter die Brücke und nicht weit davon sein Haus.
Er sah auch, daß er in der Hand nur einen Griff hatte.
Der Stock war abgebrochen.

Die Geschichte vom Fahrstuhl

Früher hat Mama wunderbar Klavier gespielt. Vielleicht wäre sie eine berühmte Künstlerin geworden, wenn sie nicht geheiratet hätte. Nun hat sie keine Zeit mehr, aber das Klavier steht noch da.
Manchmal klimpert Ulrike darauf – nur so. Wenn sie die hohen Töne anschlägt, sind es Regentropfen, wenn sie auf die tiefen Tasten schlägt, ist es ein Gewitter. Wenn sie mit einer Hand dies und mit der anderen das spielt, sind es Leute, die sich unterhalten.
Für Mama ist es viel mehr. Sie steht hinter Ulrike und hat

andächtige Augen. Zu Papa sagt sie: »Das Kind ist hochmusikalisch. Es muß Unterricht bekommen.«
Papa macht sich nichts aus Musik. Er ist froh, daß Mama ihn geheiratet hat und keine Künstlerin geworden ist. Wenn nun Ulrike eine werden soll, hat er nichts dagegen, das ist Mamas Sache.
Mama sucht nach dem allerbesten Klavierlehrer. Sie erkundigt sich überall, bis sie eine Adresse hat. Dann macht sie am Telefon einen Termin aus.
Dienstag um drei soll die erste Stunde sein.
Der Klavierlehrer wohnt in einem prächtigen alten Haus. Die Treppe ist aus Marmor, alle Griffe sind aus blankem Messing, und an den Wänden gibt es geschliffene Spiegel. Auf einer Tafel steht, wer in diesem Haus wohnt.
Mama liest jeden Namen und hat ihre andächtigen Augen. Der Name des Klavierlehrers steht ganz oben auf der Tafel. Das bedeutet, daß er im obersten Stockwerk wohnt. Und es gibt sechs Stockwerke.
Neben der Treppe ist eine Tür. Daneben ist ein Knopf und darüber steht LIFT. In der Tür ist ein Fenster. Gerade als Ulrike hinsieht, erscheinen dort zwei Beine. Die Tür geht auf, und eine alte Dame mit einem kleinen Hund kommt heraus.
Eigentlich hat Mama Angst vor Hunden. Dieser jedoch ist so winzig, daß sie ruhig stehenbleibt, um ihn vorbeizulassen. Dann geht sie auf die Treppe zu.
»Bitte, Mama«, sagt Ulrike, »laß uns doch Fahrstuhl fahren!«
Doch da fällt ihr ein, daß Mama ja auch Angst vor Fahrstühlen hat.

Das heißt, eigentlich hat sie Angst vor Rolltreppen. Auf einer ist sie mal hingefallen, die ist mit ihr weitergerollt, Mama konnte nicht aufstehen und hat sich die Hände geklemmt. Welch ein Glück, daß sie keine berühmte Künstlerin geworden war, sonst wäre es damals mit ihrer Laufbahn ausgewesen. Seither fürchtet sie alles, was nach oben oder unten rollt.

Mama will nicht in den Fahrstuhl steigen. Lieber geht sie zu Fuß in das oberste Stockwerk. Ulrike geht hinterher.

Sie und Papa sind sich einig, daß man Mama vorsichtig behandeln muß, wie ein rohes Ei. Sie ist eben etwas Besonderes, während Papa und Ulrike nur etwas ganz Gewöhnliches sind.

Jetzt haben sie den ersten Stock geschafft und biegen um einen Treppenabsatz.

Da steht mitten auf den Stufen ein Gerüst, und auf dem Gerüst steht eine Bockleiter. Ganz oben auf der Leiter sitzen zwei Maler, die haben schwarzes Haar. Abgesehen davon, daß Mama nicht hinsehen kann, ohne schwindlig zu werden, hat sie Angst vor Männern mit schwarzem Haar, weil das wahrscheinlich Ausländer sind.

Mama läuft wieder die Stiegen nach unten, und Ulrike rennt hinterher. Erst an der Eingangstür holt sie Mama ein.

»Wir gehen ein anderes Mal in die Klavierstunde, wenn die Maler wieder fort sind«, sagt Mama.

»Aber wir können doch den Fahrstuhl nehmen«, sagt Ulrike.

Mama überlegt, was schlimmer ist: Männer mit schwarzem Haar oder ein Fahrstuhl. Immerhin ist ein Fahrstuhl keine Rolltreppe. Also sagt sie ergeben: »Meinetwegen.«

Ulrike drückt auf den Knopf neben der Tür, der sofort rot aufleuchtet.
Inzwischen ist die Haustür aufgegangen. Ein Herr mit einem großen Hund kommt herein. Ulrike hat noch nie einen so riesigen Hund gesehen. Die Haare hängen ihm zottlig in die Augen, und er sieht aus, als ob er lachte.
Mama hat den Herrn und den Hund nicht bemerkt. Eben ist der Fahrstuhl angekommen, sie öffnet die Tür und zieht Ulrike hinter sich her.
»Dürfen wir bitte mitfahren?« fragt der Herr mit dem Hund.
Mama kann nicht mehr fliehen, die Tür ist schon zu. Der Herr fragt, in welchen Stock sie möchten, und Mama sagt schnell: »Ersten, bitte.«
Ulrike sieht Mama erschrocken an. Sie müssen doch in den sechsten Stock!
Aber weil sie Mama so gut kennt, begreift sie: Mama will keine Sekunde länger mit dem Hund im Fahrstuhl bleiben. Papa und Ulrike sind sich einig, daß es für Mama selbst nicht einfach ist, etwas Besonderes zu sein, und daß gewöhnliche Menschen wie sie Nachsicht mit ihr haben sollten.
Mama und Ulrike steigen also im ersten Stock aus, gehen die Treppe hoch, stehen wieder vor den Malern und rennen nach unten.
Außer Atem sagt Mama: »Wir suchen einen anderen Klavierlehrer.«
Ulrike ist sich mit Papa einig, daß man Mama manchmal überrumpeln muß. Darum läuft sie jetzt einfach mit ihr zum Fahrstuhl, schiebt sie hinein, schließt die Tür und drückt auf den obersten Knopf, den mit der Sechs.

Man kann nicht sehen, wann ein Fahrstuhl hält, aber man spürt es. Dann surrt er, es gibt einen kleinen Ruck, und man ist da. Man macht die Tür auf und steigt aus.

Ulrike macht die Tür auf, und da – ist nichts. Nur eine häßliche graue Mauer. Mama starrt die Steine an. Ulrike sieht sofort, daß Mama wieder Angst hat, große, schreckliche Angst.

»Wir sind steckengeblieben«, flüstert Mama und umklammert Ulrike. Dann malt sie ihr aus, was nun alles passieren wird. Sie werden verhungern, weil niemand sie hier findet, die Stricke des Fahrstuhls werden reißen, und sie werden abstürzen, die Luft wird verbraucht sein, und sie werden ersticken.

Noch nie hat Mama solche Angst gehabt. Nicht vor Hunden, nicht vor Rolltreppen, nicht vor schwarzhaarigen Männern.

Sie verlangt, daß sich Ulrike neben sie auf den Boden des Fahrstuhls setzt. Ulrike darf kein Wort reden. So wird die Luft länger reichen, und vielleicht werden auch die Stricke nicht reißen.

Ulrike macht alles, was Mama verlangt, um sie nicht noch mehr aufzuregen.

Sie findet in ihrer Manteltasche einen Kaugummi und will ihn Mama in den Mund schieben. Aber Mama flüstert: »Das soll unsere Notration sein, falls wir verhungern.«

Dann sitzen sie eine Weile still und starren die Mauer an.

Papa hat oft zu Ulrike gesagt, wenn man in einer verzwickten Lage ist, muß man sich einfallen lassen, was man dagegen tun kann. Papa würde bestimmt nicht abwarten, was geschieht. Er würde etwas unternehmen.

Ulrike überlegt, was Papa an ihrer Stelle täte. Und mit einemmal weiß sie es: Papa würde sich bemerkbar machen! Sie springt auf und ruft, so laut sie kann: »Hallo, hallo, wir sind im Fahrstuhl, wir möchten hier raus!«
Eine Stimme hinter ihnen sagt: »Ist das vielleicht Ulrike, die Klavier spielen will und statt dessen hier Krach schlägt?«
Es ist eine nette Stimme, und sie gehört dem Mann mit dem Hund.
Das konnten wahrhaftig weder Ulrike noch Mama wissen, daß im sechsten Stock der Fahrstuhlausgang auf der gegenüberliegenden Seite ist!
Mama bekommt heißen Tee, und Ulrike bekommt ihre erste Stunde. Denn der nette Herr ist natürlich der Klavierlehrer. Und weil er sagt, daß er aus Ulrike eine berühmte Künstlerin machen wird, nimmt es Mama in Kauf, daß der zottige Hund darauf besteht, neben ihr auf dem Sofa zu sitzen.

Die Schloßgeschichte

Einmal im Jahr kam Tante Anna, um nach ihren Patenkindern zu sehen.
»Wie groß ihr geworden seid«, sagte sie jedesmal.
Dann führte sie Max und Hansi in den Zoo oder auf den Rummelplatz, in den Zirkus oder ins Kino, in die Kindervorstellung. Anschließend gingen sie in die Eisdiele, und zuletzt machten sie vor einem Fotoautomaten halt, um sich zum Andenken knipsen zu lassen.

»Dazu seid ihr jetzt zu groß«, sagte Tante Anna dieses Mal.
Sie besuchte mit Max und Hansi das Museum, zeigte ihnen zwei Kirchen von innen und wollte dann das Schloß besichtigen.
»Keine Führung mehr«, sagte die alte Frau an der Kasse.
Max und Hansi hofften, daß Tante Anna umdrehen und endlich mit ihnen Eis essen gehen würde. Doch Tante Anna dachte nicht daran. Sie kaufte der alten Frau ein Heft ab und sagte: »Dann führen wir uns eben selbst!«
»In einer Stunde schließe ich ab«, rief die alte Frau hinter ihnen her.
Max und Hansi und Tante Anna liefen treppauf, treppab, durch lange Gänge, durch hallende Gewölbe, sie durchquerten einen großen Saal, stiegen auf einen Turm und bekamen wehe Füße.
Unermüdlich las Tante Anna aus dem Heft vor, wann das Schloß erbaut worden war, daß die Grundmauern siebenhundert Jahre alt, der linke Seitenflügel jedoch bedeutend jünger war, wer hier regiert hatte und wer von wem erobert worden war.
»Ist das nicht furchtbar interessant?« fragte Tante Anna.
»Ziemlich«, sagten Max und Hansi, dachten an Schokoladeeis und trotteten mißmutig hinter Tante Anna her.
Aber Tante Anna las weiter vor. Sie las, das sich viele Sagen um das Schloß rankten. So hatte man mehrmals ein Geisterheer gesehen, das durch den Festsaal trabte, und Besuchern war der bleiche Schatten einer Ritterdame erschienen, die mit ihren beiden Kindern ins Morgenland entführt worden war.

»Was sagt ihr dazu?« fragte Tante Anna.
»Die alte Frau schließt gleich ab«, sagte Max.
Tante Anna schlug sich an die Stirn und begann zu laufen. Max und Hansi rannten hinterher. Sie verirrten sich ein paarmal, ehe sie den Ausgang fanden. Und dort entdeckten sie, daß die Tür abgeschlossen war. Es war eine riesengroße Tür, und sie hatte ein riesengroßes Schloß.
»Merkwürdig«, sagte Tante Anna, »die alte Frau wußte doch, daß wir noch hier sind. Rufen wir sie mal!«
Alle drei holten tief Luft und schrien, so laut sie konnten. Niemand hörte sie.

Sie hämmerten mit Fäusten gegen das dicke Holz.
Nichts regte sich.
Plötzlich sagte Hansi: »Seht mal, was dort steht!«
Neben der Tür war eine Tafel, und auf der stand: Mittwoch nachmittag geschlossen, keine Führungen.
Und jetzt war Mittwochnachmittag!
Die alte Frau hatte sie vergessen, sie waren eingesperrt, heute würde niemand mehr kommen, sie mußten die Nacht hier verbringen.
Hätten wir vorher wenigstens Eis gegessen, dachte Max und fragte: »Wie lange dauert es, bis man verhungert?«
»Bis morgen halten wir durch«, sagte Tante Anna. »Es wird nur kalt werden, und eure Eltern werden sich Sorgen machen.«
Max und Hansi und Tante Anna gingen auf die Suche, ob es nicht vielleicht woanders eine Tür gab, die nach draußen führte und offen war. Doch alles war abgeschlossen, die Fenster waren verriegelt.
Um sich die Zeit zu vertreiben, hüpften sie in den Gängen auf den Steinplatten, bis Max entdeckte, daß man das Treppengeländer hinunterrutschen konnte, es war breit und glatt. Max und Hansi staunten, wie gut Tante Anna das konnte. Als sie auch dazu keine Lust mehr hatten, saßen sie in den steifen hohen Stühlen im Festsaal und langweilten sich. Alle drei hatten jetzt großen Hunger.
»Mein Magen ist hohl wie ein Luftballon«, stöhnte Max.
»Meiner knurrt wie ein Tiger«, jammerte Hansi.
»Und meiner ist ganz klein geschrumpft«, sagte Tante Anna. »Vielleicht können wir irgendwo schlafen und dabei den Hunger vergessen.«
Neben dem Saal war ein Raum, in dem ein uraltes Bettgestell

stand. Darüber war eine Decke mit einem gestickten Wappen gebreitet.
Tante Anna schlug die Decke zurück, legte ihren Mantel auf den Bettrost und drehte Kopfkissen aus den Anoraks von Max und Hansi. Dann legten sie sich nebeneinander hin, zogen die Decke bis zum Kinn und machten die Augen zu.
»Hoffentlich ist es morgen früh, wenn wir aufwachen«, murmelte Max.
Aber es war noch kaum eine Stunde vergangen, als er wieder wach wurde. Ein Geräusch hatte ihn geweckt.
Von fern her erklangen viele Schritte.
Sie wurden lauter...
Sie kamen näher...
Max kniff die Augen zu. Was hatte Tante Anna vorgelesen? Manchmal trabt ein Geisterheer durch das Schloß!
Am besten würde es sein, stocksteif liegenzubleiben und keine Bewegung zu machen. Vielleicht blieben sie dann unentdeckt.
Max lauschte.
Er hörte nichts mehr..
Nebenan im Saal stand eine Gruppe von Fremden, die mit einem Autobus angekommen waren und für die die alte Frau eine Sonderführung hielt.
»Auf dem Deckengemälde«, sagte sie soeben, und alle hoben die Köpfe, »ist eine edle Ritterdame dargestellt, die mit zwei Knaben ins Morgenland verschleppt wurde. Man hat nie wieder von ihr gehört. Bisweilen zeigt sie sich in ihren Gemächern als bleicher Schatten.«
Sehr beeindruckt gingen die Besucher weiter.

Die alte Frau öffnete eine Tür und sagte: »Hier sehen Sie das Schlafgemach der Ritterdame.« Dann trat sie beiseite.
Die Besucher steckten die Köpfe durch die Tür. Sie sahen ein uraltes Bettgestell, über das eine Decke mit einem gestickten Wappen gebreitet war.
Unter der Decke – sie trauten ihren Augen nicht – lag schlafend eine Dame mit zwei Knaben. Jetzt schlug der eine Knabe die Augen auf und sah sie an…
Max sah gegen das Licht in der Tür viele dunkle Köpfe. Er zwickte Hansi in die Seite und raunte: »Pst, wach auf, das Geisterheer ist da!«
Hansi fuhr hoch…
…und die Leute in der Tür fuhren zurück.
Es war besser, nicht miteinander darüber zu sprechen, was sie gesehen hatten. Denn waren sie sich sicher? Hatten sie es sich vielleicht nur eingebildet?
Vom Gang her rief die alte Frau: »Wir gelangen jetzt in den neueren Teil des Schlosses. Nicht zurückbleiben!«
Max und Hansi hatten inzwischen begriffen, daß dies kein Geisterheer war. Sie rüttelten Tante Anna wach. Alle drei schlüpften aus dem Bett und rannten dann hinter der Gruppe her.
Am Ausgang stand die alte Frau und nahm Trinkgelder entgegen.
»Da sind Sie ja noch!« rief sie. »Ich dachte, Sie wären längst weg, ich hatte Ihnen die kleine Pforte offengelassen.«
Erst jetzt sahen Tante Anna, Max und Hansi, daß es in der riesengroßen Tür rechts unten eine kleine Tür gab.
Selten hatten sie in den Jahren vorher so viel Eis gegessen – und auf dem Erinnerungsfoto so lachende Gesichter gehabt.

Die Geschichte von Pfötchen

Die Sache mit Papa ist nun schon eine Weile her.
Mama ist mit Jette und Julius umgezogen.
Sie hat eine Stelle gefunden.
Jette geht in die Schule und Julius in den Kindergarten.
Sie wohnen jetzt in einem Haus, das eben erst fertig geworden ist. Ringsumher werden noch viel mehr Häuser gebaut.
Jette und Julius können prima auf den Bauplätzen spielen.
Es gibt eine Menge Kinder, mit denen sie schon befreundet sind.
Soweit ist alles in Ordnung.
Nur Mama ist manchmal noch traurig. Jette und Julius versuchen alles, daß Mama wieder vergnügt und lustig ist wie früher. Sie sind fast immer brav. Sie helfen ihr. Sie holen sie vom Bus ab, wenn sie von der Arbeit kommt.
Sie spüren, daß Mama etwas fehlt.
Eines Tages fängt Jette auf dem Bauplatz ein winzig kleines Mäuschen. Es huscht über die Steine und will unter einem Bretterhaufen verschwinden. Da erwischt es Jette an seinem dünnen Schwänzchen. Das Mäuschen hat ein samtweiches Fell und schwarze Augen und ist kleiner als der Daumen von Julius.
Jette und Julius wollen Mama das Mäuschen schenken.
In der Küche steht ein leeres Bonbonglas. Sie bauen ein richtiges Gärtchen hinein, aus Steinen, Sand und Zweigen. Sie können das Glas ruhig offenlassen. Das Mäuschen rutscht an den hohen Glaswänden ab, wenn es hochklettern will.
Mama freut sich sehr. Sie läßt das Mäuschen sogar über den Tisch laufen, nachdem sie Abendbrot gegessen haben. Sie

muß lachen, als das Mäuschen Julius in den Ärmel kriecht und am Halskragen wieder zum Vorschein kommt.
Jette und Julius wollen, daß sich Mama einen Namen ausdenkt.
Mama überlegt eine ganze Weile.
Schließlich sagt sie: »Wir wollen es Pfötchen nennen.«
Aus dem kleinen Mäuschen wird nach und nach eine große Maus. Es frißt ungeheuer viel: Möhren, Wurst, Brot, Käse, Salat, Nüsse, Schokolade und Obst, aber auch Schuhe, Strümpfe, Papier und Streichhölzer. Es hat jetzt lange spitze Zähne.
Und schlau ist dieses Pfötchen!
Es klettert überall herum und weiß genau in der Wohnung Bescheid.
Manchmal verstecken Jette und Julius Nüsse oder andere Leckerbissen. Aber Pfötchen stöbert alles nach kurzer Zeit auf und verputzt es im Handumdrehen. Neben der Wohnung im Bonbonglas hat Pfötchen auch noch eine Höhle in der Couch. Es hat sich beharrlich durch den Stoff und die Polster genagt und innen ein Nest gebaut.
Und es wird immer noch größer!
Mama sagt, sie hätte noch nie eine so große Maus gesehen. Allerdings hat auch nicht jede Maus so viel zu fressen wie Pfötchen.
Eines Abends steckt Mama Jette und Julius früher als sonst ins Bett. Sie hat Besuch eingeladen, zwei ihrer neuen Kolleginnen. Jette hört, wie Mama ihre Gäste begrüßt und wie sie miteinander lachen. Es tut gut, daß Mama wieder fröhlich ist.
Doch dann hört Jette, wie jemand im Zimmer laut aufschreit.

Es poltert. Eine Tür wird aufgerissen. Jemand rennt ins Bad und gleich wieder zurück. Dann ruft Mama: »Das habe ich nie geahnt!«
Jette war schon immer neugierig.
Sie klettert aus dem Bett und schleicht in den Flur. Sie will lauschen. Vorher muß sie schnell mal aufs Klo.
In der Badewanne sitzt Pfötchen und versucht vergeblich,

an den glatten Wänden hochzuklimmen. Es ist ganz erschöpft vor Anstrengung und fiept und japst.
»Armes süßes Pfötchen«, sagt Jette, nimmt es hoch, macht die Wohnzimmertür einen Spalt weit auf und läßt es hineinschlüpfen.
Sofort hört sie dort wieder Schreie und Poltern. Zwei Damen stürzen an ihr vorbei, reißen die Wohnungstür auf und laufen davon. Mama rennt hinterher und stolpert über Jette.
»Hast du die Ratte wieder ins Zimmer gelassen?« ruft sie.
»Welche Ratte?« fragt Jette.
»Welche Ratte!« ruft Mama. »Die Ratte Pfötchen natürlich!«
Die Kolleginnen haben entdeckt, daß Pfötchen keine Maus ist, sondern eine dicke, fette Ratte. Sie haben gesagt, daß Ratten schädlich sind, alles zernagen, Krankheiten verschleppen und im Jahr unendlich viele Kinder bekommen. Nach ein paar Jahren ist das ganze Haus, nein, die ganze Stadt voller Ratten.
Inzwischen ist auch Julius aufgewacht.
Er hat Pfötchen eingefangen und vorn in seinen Schlafanzug gesteckt, wo es mit blanken Augen heraussieht.
Mama weiß, daß etwas geschehen muß. Vor allen Dingen darf niemand im Haus erfahren, daß bei ihnen eine Ratte wohnt. Pfötchen muß fort, auch wenn Jette und Julius das nicht einsehen wollen.
Sie steckt Pfötchen am nächsten Nachmittag in eine alte Einkaufstasche, die einen Reißverschluß hat. Mit dem Bus fahren sie alle bis zur Endhaltestelle. Pfötchen soll ausgesetzt werden.

Jette sagt nichts, Julius sagt nichts, Mama sagt nichts. Nur in der Tasche rumort es heftig.
Sie laufen ein Stück, bis keine Häuser mehr zu sehen sind.
An einem Tümpel lassen sie Pfötchen frei. Es verschwindet sofort im Gestrüpp.
»Mach's gut!« ruft Jette hinter ihm her, und Julius beginnt zu weinen. Er plärrt immer lauter, bis Mama ihm einen Klaps gibt. Dann trottet er hinter Mama und Jette her, als sie zur Haltestelle zurückgehen.
»Komm schneller«, sagt Mama, weil der Bus schon zu sehen ist.
Zu Hause sitzen sie bedrückt herum.
Da knistert und knabbert es in der Couch.
»Was ist das?« fragt Mama.
Es ist Pfötchen. Julius hat es in der Kapuze seines Anoraks zurückgebracht.
Jette merkt, daß sie Mama beistehen muß. Sie ist älter und vernünftiger als Julius. Sie hat einen Einfall: Pfötchen soll von selbst verschwinden!
Am nächsten Nachmittag macht sie die Fenster und die Terrassentür weit auf. Sie sagt: »Lauf weg, Pfötchen!«
»Bleib da!« ruft Julius.
Und Pfötchen bleibt.
Jette hat einen besseren Einfall. Sie legt quer durch das Zimmer eine Bahn aus Nüssen und Rosinen und streut sie weiter auf die Terrasse, auf den Weg und bis zum Bauplatz, wo Pfötchen herkommt. Pfötchen soll sich hinausfressen. Dabei darf es nicht gestört werden.
Jette nimmt Julius an die Hand und geht mit ihm zum Bus, um Mama abzuholen.

Als sie nach Hause kommen, ist das Zimmer leer.
Mama schließt die Fenster, Jette macht die Terrassentür zu. Julius bockt, doch darauf achten sie nicht. Sie sitzen nebeneinander auf der Couch und sehen die bunten Prospekte an, die Mama mitgebracht hat. Bald gibt es Ferien, dann wollen sie verreisen.
Unter der Couch raschelt es.
Mama und Jette springen auf.
Julius tanzt im Zimmer umher, dann hockt er sich hin und ruft: »Komm raus, Pfötchen!«
Und Pfötchen saust unter der Couch hervor.
Hinterher flitzt eine noch viel, viel größere Ratte.
Pfötchen hat sich nicht hinausgeknabbert, sondern die fremde Ratte hat sich hereingefressen. Nun sind zwei Ratten im Zimmer.
»Und zwei können miteinander Kinder haben«, jammert Mama. »Wenn wir aus den Ferien zurückkommen, wird es hier von Ratten wimmeln!«
Pfötchen ist wie verwandelt. Es kommt nicht mehr, wenn es gerufen wird. Es ist nicht mehr zutraulich. Es rast mit der anderen Ratte umher. Es ist wild und bösartig geworden.
Nun jammert auch Julius nicht mehr, wenn es heißt, daß Pfötchen wegmuß.
Mama stellt den Ratten Futter ins Bad und schlägt schnell die Tür zu. Jetzt sind sie eingesperrt. Sie toben herum, kratzen, scharren und quieken ganz widerlich.
Mama denkt: Wenn das so weitergeht, wird die Tür bald ein Loch haben, und die Ratten toben durch die Wohnung. Es muß etwas geschehen!
Sie weiß nicht mehr, wo ihr der Kopf steht. Sie muß die

Reise planen und die Koffer packen. Es bleibt nichts anderes übrig: sie muß einen Tag eher Urlaub nehmen.
Jette ist den letzten Tag in der Schule, Julius ist im Kindergarten. Mama geht in die Drogerie und verlangt Rattengift. Das legt sie hinter der Badewanne aus.
Sie ist froh, daß Jette und Julius nur die Reise im Kopf haben und nicht nach den Ratten fragen.
Am anderen Morgen brechen sie ganz früh auf. Mama horcht heimlich noch einmal ins Bad. Dort ist alles still. Da schließt sie die Wohnung hinter sich ab.
Nach drei Wochen schließt Mama wieder auf und stellt die Koffer ab. Sie schnuppert und reißt alle Fenster auf: in der Wohnung stinkt es.
Jette und Julius sind längst davongesprungen. Sie haben den anderen Kindern bunte Muscheln mitgebracht und müssen viel erzählen.
Mama stöbert in der ganzen Wohnung herum. Sie hat Angst, etwas zu finden. Doch sie findet nichts.
Sie packt die Koffer aus, steckt einen Berg schmutziger Wäsche in die Waschmaschine und drückt auf den Knopf.
Es gibt einen Knall, und in der Wohnung ist das Licht aus.
Die Waschmaschine muß kaputt sein, denkt Mama und ruft den Kundendienst an.
Am nächsten Morgen geht Jette wieder in die Schule, und Julius marschiert in den Kindergarten. Mama hat noch Urlaub. Um elf kommt der Mann vom Kundendienst.
Er sieht sich die Waschmaschine gründlich an. Die Automatik ist in Ordnung, die Zuleitung ebenfalls, und die Knöpfe stimmen. Es könnte höchstens an der Trommel liegen. Sie scheint blockiert zu sein und dreht sich nicht.

Der Mann vom Kundendienst legt sich flach auf den Boden, denn es ist schwer, an die Trommel heranzukommen. Mama leuchtet ihm mit der Taschenlampe.
Dann müssen beide schnell einen Schnaps trinken.
Zuletzt verkriechen sich Ratten nämlich in einen dunklen Winkel.
Ach, noch was. Jette und Julius haben jetzt ein Meerschweinchen. Es heißt Schnäuzchen.

Noch eine kurze Geschichte

Ein Junge, der immerzu und überall Angst hatte, mußte einmal allein durch den Wald gehen.
Eine Schar Mädchen machte sich über ihn lustig.
Sie sagten zu dem Jungen: »In dem Wald ist es nicht geheuer. Da spuken Geister, Gespenster, Hexen, Molche, Kaplane und tote Möpse. Wenn du etwas hörst, siehst, riechst oder fühlst, bleib sofort stehen und rühr dich nicht. Stocksteif stehenbleiben ist das einzige, um heil davonzukommen.«
Der Junge machte sich mit Herzklopfen auf und ging in den Wald hinein.
Hinter ihm wimmerte und fauchte und zischte und stöhnte es. Das waren die Mädchen, die hinter ihm hergeschlichen waren, um ihn zu foppen.
Der Junge war zwar ängstlich, aber er war nicht dumm.
Unbeirrt ging er weiter.
Da wurde es den Mädchen bald langweilig. Sie kehrten um und lachten über den Spaß, den sie sich gemacht hatten.

Um es hinter sich zu bringen, rannte der Junge jetzt schneller.
Plötzlich packte ihn etwas von hinten und zerrte ihm fast die Jacke von den Schultern.
Sofort blieb er stocksteif stehen und rührte sich nicht, wie ihm die Mädchen geraten hatten, um heil davonzukommen.
Wenn sie nicht schließlich nach ihm gesucht hätten, stünde er immer noch da.
Dabei hatte sich seine Jacke nur an einem Ast verfangen.

Die Geschichte von den Ferngläsern

Am Ende des Dorfes standen in einer Reihe einige Häuser, von denen eines wie das andere aussah. An ihrer Vorderseite lag die Straße, an der Rückseite hatte jedes einen kleinen Garten. Hinter den Gärten lagen Felder. Hinter den Feldern begann der Wald.

In jedem Haus stand auf dem Fensterbrett ein Fernglas. Damit wurden Rehe, Hasen und Raubvögel beobachtet, aber auch Leute, die auf den Feldern arbeiteten. Doch eigentlich war das Fernglas dazu da, den Waldrand im Auge zu haben, falls sich von dort her jemand näherte. Das kam freilich kaum vor, denn die Wege im Wald waren holprig und verwachsen, und die Leute aus der Stadt kannten bessere Ecken zum Spazierengehen. Doch aus der Zeitung und vom Fernsehen wußte man, was alles passieren konnte – falls man nicht wachsam war.

Und wachsam waren alle hier.

Einmal, zum Beispiel, hatte Frau Lottermoser einen Esel gesichtet. Sofort lief sie zu Frau Simon und machte sie darauf aufmerksam. Frau Simon schaute durch ihr Fernglas und sagte, ihr schiene es eher eine Art Pony zu sein. Beide rannten zu Frau Leder und sahen dort zu dritt aus dem Fenster. Im hohen Gras tauchte ein Buckel auf, tauchte unter und kam wieder hoch. Frau Leder hielt es sogar für eine Art Dromedar, bis sie erkannten, was es wirklich war: Ewald Brunke, der Grünzeug für seine Kaninchen schnitt.

Jedenfalls war der Waldrand ständig bewacht, und niemand konnte sich dort herumtreiben, ohne daß etwas unternommen wurde.

Letzten Mittwoch entdeckte Mariechen Hinze kurz nach dem Frühstück, daß jemand durch das Dickicht schlich. Die Zweige bewegten sich, einmal war ein Stück Jacke, dann wieder ein Haarschopf zu sehen.
Mariechen Hinze rannte auf die Straße. Dort traf sie Frau Simon und Frau Lottermoser, die dasselbe beobachtet hatten. Und bald kam Frau Leder dazu, die alles bereits wußte.
Sie steckten die Köpfe zusammen und berieten, was zu tun war. Sie mußten es allein entscheiden, die Männer waren zur Arbeit gefahren, und die Kinder waren in der Schule.
Frau Simon schlug vor, daß sie mit Hacken und Spaten hinmarschieren und den Kerl mit Geschrei vertreiben sollten.
Frau Lottermoser hielt nichts davon. Sie war dafür, die Polizei zu holen. Leider gab es hier keinen Posten, sondern nur im Nachbardorf. Dazu war die Telefonzelle noch nicht wieder in Betrieb, seit Mariechen Hinzes Hund die Schnur durchgenagt hatte.

Frau Leder erbot sich, mit dem Rad ins Nachbardorf zu fahren, sie wollte ohnehin im Supermarkt einkaufen.
»Wie lange soll das dauern?« fragte Frau Simon. »Bis dahin hat der Strolch überall eingebrochen und die Sparbücher mitgenommen. Geld ist auch noch genügend da, wo letzte Woche erst der Monatserste war.«
Endlich hatte Mariechen Hinze die richtige Idee: Dies war eine Aufgabe für den Bürgermeister, den alle gewählt hatten, damit er ihnen in schwierigen Lagen behilflich war.
Der Bürgermeister wohnte zwar auch in einem der Häuser der Reihe, doch er sah fast nie durch das Fernglas. Er sah meist in den Fernseher. Das tat er sogar zu dieser frühen Stunde, wo eigentlich nur das Programm vom Abend vorher wiederholt wurde.
Als die Frauen an sein Fenster klopften, rappelte er sich aus seinem Sessel hoch, schaltete den Fernseher ab, angelte nach seinen Pantoffeln und kam auf die Straße.
Zunächst verstand er kein Wort, weil alle zugleich auf ihn einredeten.
Frau Lottermoser rannte davon, holte ihr Fernglas und hielt es ihm vor die Augen. Er konnte nichts erkennen, ehe er es richtig eingestellt hatte. Und dann sah er nichts, weil sich am Waldrand kein Zweig und kein Blatt bewegten.
Erst nach und nach begriff er, worum es ging.
Und als alle plötzlich riefen: »Da, da ist er wieder!«, entdeckte auch er den Kopf zwischen den Büschen, der gleich wieder verschwand.
Der Bürgermeister fand die Sache sehr bedenklich.
Frau Simon erbot sich, mit ihm hinzugehen und den Burschen zu vertreiben. Der Bürgermeister war nicht mehr der

Jüngste, zudem hatte er es seit Tagen heftig im Kreuz. Darum entschied auch er, daß das Ganze Sache der Polizei war.
»Ganz richtig«, stimmte Frau Lottermoser zu.
Da das Telefon des Bürgermeisters heil war, rief er sofort im Nachbarort an.
Dort saß der Schwiegervater des Polizisten am Apparat. Er hatte Auftrag, alles zu notieren, was durchgesagt wurde. Der Polizist wollte es später bearbeiten und erledigen, jetzt saß er beim Zahnarzt.
Der Schwiegervater hatte einen geheimen Wunsch: daß etwas passieren würde, wo er selbst eingreifen mußte. Was ihm der Bürgermeister berichtete, war zum Beispiel ein Fall, bei dem sofort gehandelt werden mußte. Er war bereit.
Frau Lottermoser, Frau Simon, Frau Leder und Mariechen Hinze blieben auf der Straße stehen, während der Bürgermeister in sein Haus ging. Er zog die Gummistiefel an, band ein Katzenfell gegen Kreuzschmerzen um und holte die Schrotflinte vom Dachboden.
Der Schwiegervater des Polizisten war im selben Alter wie der Bürgermeister, doch er radelte noch so schnell wie die Schulkinder. Bereits nach kurzer Zeit war er zur Stelle. Als er sah, daß der Bürgermeister bewaffnet war, wollte er umkehren, um die Dienstpistole seines Schwiegersohnes zu holen.
Aber die Frauen waren ungeduldig. Sie wollten nicht, daß noch mehr Zeit verstrich.
Frau Lottermoser hatte eine gute Idee. Sie holte Hansi Lottermosers Wasserpistole, die sah aus wie eine echte.
Der Bürgermeister ordnete an, daß die Frauen jetzt in ihre

Häuser gingen. Falls es zu einer Verfolgungsjagd käme, wären sie unter Dach sicherer.

Da sie sich nicht trennen mochten, gingen alle ins Haus von Mariechen Hinze. Dort drängten sie sich am Fenster.

Der Bürgermeister und der Schwiegervater des Polizisten marschierten nebeneinander auf den Wald zu.

Die Frauen waren sehr aufgeregt. Sie kniffen sich gegenseitig und hatten noch Tage später blaue Flecken.

Die Männer mußten jetzt nur noch eine kurze Strecke gehen, dann waren sie im Wald verschwunden. Die Zweige und das Blattwerk verbargen sie. Nichts regte sich.

Die Spannung war kaum auszuhalten.

Plötzlich schrie Mariechen Hinze: »Sie kommen!«

Auf dem Weg vom Wald her kamen drei Personen: der Bürgermeister, der Schwiegervater des Polizisten und zwischen ihnen ein merkwürdig kleiner Kerl, den sie an der Hand hielten. Als die drei näher kamen, erkannten die Frauen, daß es ein Kind war. Es hatte einen Schulranzen auf dem Rücken und war dreckig und verheult.

Der Bürgermeister rief: »Gut, daß ihr aufgepaßt habt und daß wir den kleinen Burschen hier geholt haben. Wer weiß, was er allein im Wald angestellt hätte. Er ist unglücklich, weil er eine Fünf im Rechnen hat. Nun traut er sich weder in die Schule noch nach Hause. Kümmert euch um ihn!«

Die Frauen waren betreten und schämten sich, daß sie vor einem Kind Angst gehabt hatten.

Anderseits aber waren sie stolz, daß der Bürgermeister sie für ihre Wachsamkeit gelobt hatte.

Der Junge, der übrigens Stefan hieß, wurde von Frau Leder in die Badewanne gesteckt, bekam von Lottermosers

Hansi einen abgelegten Pullover, bei Frau Simon heiße Reibekuchen und von Mariechen Hinze mehrere Küsse. Davon jedoch schien er wenig zu halten.
Inzwischen schrieb der Schwiegervater des Polizisten ein Protokoll, das er dann aber in den Papierkorb warf.
Der Bürgermeister telefonierte mit Stefans Eltern.
Alle standen am Straßenrand, als die Eltern mit dem Auto kamen und Stefan abholten. Und alle winkten.
Stefan lachte und winkte durch das Rückfenster, bis der Wagen um die Ecke bog.
Soweit war alles in Butter – nur als die Männer und die Kinder nach Hause kamen, war nirgends das Mittagessen fertig.

Die Geschichte von der verschlossenen Tür

Ein Mann und eine Frau, die eben geheiratet hatten, versprachen einander, nie miteinander zu streiten. Das hielten sie zwanzig Jahre und elf Monate durch, ohne je ein böses Wort zueinander zu sagen. Daß sie dann doch noch Krach miteinander hatten, geschah so:
Nachdem sie ein Jahr und drei Monate glücklich zusammen gelebt hatten, mußte der Mann einige Tage verreisen.
»Allein im Haus habe ich Angst«, sagte die Frau.
Sie tat dem Mann leid.
»Mach niemals auf«, sagte er, »egal, wer auch immer klingelt oder klopft. Versprich es mir.«
Die Frau versprach es.

Der Mann fuhr weg.
Die Frau machte weder dem Postboten noch einem Versicherungsvertreter, noch ihrer Schwiegermutter, noch der Nachbarin auf, die eine Tasse voll Essig borgen wollte.
Der Mann wickelte seine Geschäfte so schnell ab wie ein Wollknäuel. Er machte, daß er wieder nach Hause kam.
Er klingelte und er klopfte.
Die Frau saß im Zimmer. Sie hörte es klingeln und klopfen, doch sie machte nicht auf, wie sie es ihrem Mann versprochen hatte. Sie ließ ihn draußen stehen.
Als es Nacht wurde, lief der Mann davon und kam am nächsten Morgen wieder.
Er klingelte und klopfte, viele, viele Tage lang.
Die Frau machte nicht auf.
Als der Mann eine Schwiele am Zeigefinger und wunde Fäuste hatte, gab er es auf.

Er suchte sich eine Wohnung, nahm eine neue Frau und bekam mit ihr nach und nach sieben hübsche Kinder.
Eines Tages ging er mit seiner Familie an dem Haus vorbei, in dem seine erste Frau wohnte.
Zufällig stand sie hinter der Gardine und sah ihn.
Sie rannte wie der Wirbelwind nach unten, riß die Tür auf, und es gab einen Höllenkrach.
Den Krach schlug übrigens der Mann.
Schließlich hatte sie ihm versprochen, niemals – wirklich niemals – die Tür aufzumachen.
An diesem Tag waren sie zwanzig Jahre und elf Monate verheiratet, und vorher war noch nie ein böses Wort zwischen ihnen gefallen.
Das soll mal einer nachmachen!

Die Telefongeschichte

Seit einiger Zeit sahen die Mieter einander im Treppenhaus mißtrauisch an. Frau Minkoratschewitz aus dem Erdgeschoß hatte Herrn Utz aus dem zweiten Stock im Verdacht, daß er mit verstellter Stimme bei ihr anrief und sagte:
»Hallo, hier ist das Fernmeldeamt. Ist dort Frau Minkoratschewitz?«
»Ja, ich bin Frau Minkoratschewitz.«
»Wie ist bitte Ihr Vorname?«
»Mein Vorname ist Annaluise Mariaberta.«
»Frau Annaluisemariaberta Minkoratschewitz, Ihr Name ist so lang, daß wir auf Ihre Kosten eine extra Leitung legen

müssen. Sicher haben Sie nichts dagegen, eine lange Leitung zu haben!«
Wer anders als jemand mit einem so lächerlich kurzen Namen wie Herr Utz konnte sich derartige Scherze erlauben?
Herr Utz hingegen war überzeugt, daß es Frau Mahlke aus dem ersten Stock war, die mit verstellter Stimme ins Telefon flötete: »Ich liebe Sie! Sie sind ein wunderschöner Mann! Nur schade, daß Sie eine Perücke tragen.«
Das stimmte nun wirklich nicht, Herr Utz war stolz auf seine vollen schwarzen Locken. Dagegen war der große Haarknoten von Frau Mahlke bestimmt falsch.
Frau Mahlke jedoch glaubte Herrn Krauses Stimme zu erkennen, sobald man bei ihr anrief. Niemand schnappte und keuchte wie er, wenn er die Treppen stieg. In ihrem Telefonhörer wimmerte und ächzte es zudem, als würde jemand umgebracht. Frau Mahlke hatte bereits mehrmals versucht, die Polizei zu verständigen, wenn der schreckliche Anrufer

endlich ruhig war. Schließlich konnte er wirklich in Not sein und Hilfe brauchen.

Dagegen hatte Herr Krause aus dem dritten Stock argwöhnisch Frau Minkoratschewitz im Auge, wenn er ihr im Treppenhaus begegnete. Er unterstellte ihr, daß sie bei ihm anrief und mit einer unnatürlichen Stimme sagte:

»Spreche ich mit Herrn Krause? Hier ist die Hausverwaltung. Wie wir bemerkt haben, sind Sie in der letzten Woche wieder einen halben Zentner schwerer geworden. Wegen Einsturzgefahr haben wir beschlossen, Sie vom dritten Stock in den Keller zu verlegen. Bitte packen Sie Ihre Sachen!«

Danach hatte jemand gekichert und schnell aufgelegt.

Lange Zeit sprach niemand über diese rätselhaften Anrufe. Jeder behielt für sich, wie sehr er sich ärgerte.

Dann konnte es Frau Minkoratschewitz nicht mehr aushalten.

Wieder hatte bei ihr das Telefon geläutet, wieder hatte sich das Fernamt gemeldet, wieder war sie darauf hereingefallen.

Die verstellte Stimme hatte gesagt: »Messen Sie bitte Ihre Leitung nach, und geben Sie uns die Maße durch.«

Folgsam hatte sie aus dem Nähkästchen das Bandmaß geholt und dann durchgesagt: »Meine Leitung ist genau einen Meter und dreiundfünfzig lang.«

»Dann haben Sie eine zu lange Leitung. Bitte nehmen Sie die Schere und schneiden Sie ein Stück heraus!«

Frau Minkoratschewitz hatte die Schere schon in der Hand und hätte fast zugeschnitten, als die Stimme im Telefon sie auslachte. Sie war wieder hereingefallen!

Jetzt mußte sie ihrem Herzen Luft machen. Sie rannte ins Treppenhaus und erwischte Herrn Krause, der mit zwei

vollen Einkaufsbeuteln durch die Haustür kam. Aufgeregt erzählte sie ihm, was vorgefallen war.
Da gab auch Herr Krause zu, daß er am Telefon belästigt wurde. Allerdings sagte er nicht, daß es dabei stets um seinen dicken Bauch ging.
Zufällig kam Herr Utz vorbei. Als er hörte, worüber die beiden sprachen, berichtete er von den merkwürdigen Liebeserklärungen, die ihm eine unbekannte Anruferin machte.
Frau Mahlke hörte längst vom ersten Stock aus zu. Jetzt kam sie herunter und erzählte, wie es ihr erging. Nach wie vor kamen die schrecklichsten und unheimlichsten Geräusche aus ihrem Hörer. Sie war inzwischen so nervös, daß sie nachts aus dem Schlaf hochfuhr.
Das war für alle der Höhepunkt.
Frau Minkoratschewitz, Herr Utz, Herr Krause und Frau Mahlke steckten die Köpfe zusammen und beratschlagten empört, was gegen derartige Unverschämtheiten unternommen werden konnte.
Sie merkten nicht, daß seit einiger Zeit Mama und Tobi an ihnen vorbei wollten. Mama hatte keine Zeit, lange im Treppenhaus zu stehen. Sie hatte freundlich »guten Tag« gesagt und bat nun immer wieder: »Dürfen wir mal durch?«
Niemand hörte sie, und niemand machte ihnen Platz.
Mama und Tobi mußten stehenbleiben und warten. Darum hörten sie alle Geschichten mit an.
»Da bin ich aber froh«, sagte Mama, »daß ich verschont geblieben bin.«
Mit einemmal war es ganz still.
Alle sahen Mama an. Dann sahen sie Tobi an. Dann sahen sie

sich gegenseitig an und zogen die Augenbrauen hoch. Tobi wußte sofort, was sie dachten. Wenn bei Mama niemand angerufen hatte, jedoch bei allen anderen, konnte es nur Mama selbst sein, die anrief. Oder Tobi.

Frau Minkoratschewitz, Herr Utz, Herr Krause und Frau Mahlke machten schweigend Platz und ließen Mama mit Tobi vorbei. Sie sagten nichts, solange beide die Treppen in den vierten Stock hochstiegen. Erst als sie oben waren und Tobi noch einmal über das Geländer nach unten sah, redeten sie wieder aufgeregt durcheinander.

Mama kümmerte das alles nicht.

Sie hatte genug im Kopf. Die Wohnung war noch nicht aufgeräumt, das Geschirr mußte gespült werden, das Essen war nicht ferig, und sie mußte mit Tobi Hausaufgaben machen. Dann mußte sie sich schnell umziehen und beeilen, daß sie rechtzeitig zur Arbeit kam. Mama war Kellnerin. Sie arbeitete von Nachmittag bis in den späten Abend.

Doch Tobi bemerkte alles.

Ihm fiel auf, daß in der nächsten Zeit die Leute im Treppenhaus wegsahen, wenn er und Mama vorbeikamen. Und daß sie keine Antwort gaben, wenn Mama freundlich »guten Tag« sagte.

Zuerst war Tobi traurig und dann wütend.

Und dann beschloß er, den unbekannten Anrufer zu erwischen.

Das war nicht einfach. Lange Zeit fiel Tobi nicht ein, wie er das anstellen sollte. Es mußte jemand sein, der alle im Haus gut kannte. Bestimmt jemand aus der Nachbarschaft.

Doch wieso ärgerte der alle anderen, aber nicht Mama und ihn? Was war anders an ihnen?

Auch das fand Tobi heraus. Alle Leute, die angerufen wurden, waren Erwachsene. Nur Tobi nicht.

Es mußten Kinder sein, die sich den Spaß am Telefon machten.

Doch hier hatten sie übertrieben. Frau Minkoratschewitz hatten sie nur geärgert, aber Frau Mahlke hatten sie Angst gemacht. Und sie hatten Mama in Verdacht gebracht.

Nun mußte Tobi nur noch herausbekommen, wer es war.

In der Nachbarschaft gab es nicht viele Kinder. Im Nebenhaus die Zwillinge, aber die waren erst drei Jahre alt; gegenüber Bert und Michel, doch deren Eltern hatten kein Telefon. Im selben Haus aber wohnte Nelly, mit der spielte Tobi manchmal. Er mochte sie nicht besonders, weil sie etwas albern war.

Tobi konnte vom Wohnzimmer aus in Nellys Wohnung sehen.

Er sah, wie sie am Tisch saß und Schularbeiten machte. Daneben saß ihre beste Freundin Vera und blätterte in einem dicken gelben Buch. Tobi hätte schwören können, daß es das Telefonbuch war.

Wenn Mama zur Arbeit gegangen war, hatte er viel Zeit. Er konnte auf dem Fensterbrett sitzen und warten, von ihm aus stundenlang. Doch so lange dauerte es gar nicht.

Nelly war jetzt fertig und packte die Hefte in ihre Schultasche. Tobi konnte genau erkennen, wie sie und Vera das Telefon heranzogen und eine Nummer wählten. Vera sagte etwas in die Sprechmuschel. Dann bogen sich beide vor Lachen.

Tobi rannte in die Diele.

Nun sollten Nelly und Vera erfahren, wie denen zumute

war, die sie anriefen. Er nahm den Hörer ab, wählte die Nummer von Nellys Eltern und sagte langsam durch den Trichter aus Mamas Küche: »Hier spricht die blutige Hand. Sie ist in eurer Stadt!«

Er legte auf und rannte schnell ans Fenster.

Gegenüber sahen sich Nelly und Vera erschrocken an.

Tobi lief zurück und rief wieder an.

Seine Stimme klang schaurig, als er sagte: »Die blutige Hand kommt näher. Sie ist in eurer Straße!«

Er sprang ans Fenster und sah, wie Nelly und Vera sich ängstlich umsahen.

Tobi rannte wieder ans Telefon. Diesmal raunte er ganz leise: »Pst, die blutige Hand steigt die Treppe hoch. Sie will zu euch!«

Danach konnte er sehen, wie Nelly und Vera den Tisch an die Tür schoben und die Stühle darauf stellten.

Jetzt sagte Tobi, so tief er konnte: »Es gibt kein Entrinnen, die blutige Hand steht hinter euch!« Er hörte, wie Vera und Nelly erschrocken aufschrien. Sie taten ihm leid. Er warf den Trichter weg und sagte: »Keine Bange, die blutige Hand will nur ein Heftpflaster.« Dann mußte er lachen.

Am anderen Morgen wickelte Tobi um seine linke Hand einen dicken Verband und bemalte ihn mit roter Wasserfarbe. Den hielt er Nelly und Vera auf dem Schulweg unter die Nase und sagte: »Die blutige Hand verlangt, daß die Anrufe aufhören!«

Danach wurde niemand mehr am Telefon belästigt.

Mit der Zeit waren die Leute im Haus zu Mama und Tobi wieder wie früher. Noch netter wären sie sicher gewesen, wenn Tobi alles erzählt hätte.

Aber wahrscheinlich wären sie dann nicht mehr nett zu Vera und Nelly gewesen, die immer so freundlich »guten Tag« sagten.
Und das wollte Tobi nicht.

Die Nacht-und-Nebel-Geschichte

Morgens in den ersten Schulstunde ist Johann Heinrich meist noch müde. Er gähnt und paßt nicht auf, und manchmal schickt ihn der Lehrer an die frische Luft, damit er aufwacht.
Aber Johann Heinrich muß ja schließlich jeden Tag um halb fünf aufstehen. Er muß erst mit dem Bus und dann mit dem Triebwagen fahren, um in die Schule zu kommen.
Johann Heinrich ist vom Land.
Manchmal erzählt er von dem Bauernhof mit den vielen Kühen, ganz oben in den Bergen. Ein normales Auto schafft es nicht dorthin. Sie haben einen Landrover. In dem wird frühmorgens die Milch ins Tal gebracht, und Johann Heinrich fährt mit hinunter bis zur Bushaltestelle.
»Besucht mich mal«, sagt er zu Kai und Peter, als es Herbstferien gibt.
Er malt in Peters Matheheft einen Plan, wie sie hinkommen. Neben der Fahrstraße für den Landrover gibt es noch einen Fußpfad, der viel kürzer ist. Dieser Fußpfad ist ganz schmal, die Steine sind glitschig, und an manchen Stellen fehlt das Geländer. Links ist eine Felswand, rechts geht es steil in den Abgrund. Nur wer schwindelfrei ist, sollte diesen Pfad

benutzen, und bei Dunkelheit ist es besser, ihn überhaupt zu meiden.

Johann Heinrich schreibt auch die Abfahrtszeiten für die Triebwagen und die Busanschlüsse auf.

»Toll, wenn ihr kommen würdet«, sagt er.

Peter und Kai sind noch nie allein verreist.

Die Eltern von Kai sind einverstanden, wenn Peter mitkommt.

Peters Eltern erlauben es, wenn Kai dabei ist.

Gleich am nächsten Vormittag treffen sie sich auf dem Bahnsteig. Peter trägt einen Rucksack, Kai hat einen Leinenbeutel über der Schulter.

»Hast du das Matheheft mit dem Plan?« fragt Kai.

»Klar«, sagt Peter.

Sie steigen in den Triebwagen, und sowie der losfährt, packen sie ihre Brote aus und beginnen zu essen. Was sie im Magen haben, das brauchen sie nicht zu tragen. Sie sind kaum fertig, da rollen sie auch schon in die kleine Bahnstation ein, von wo es mit dem Bus weitergehen soll.

Der Bus ist noch nicht da.

Peter und Kai trödeln herum. Sie haben ihr Taschengeld bei sich und noch ein wenig Erspartes.

Zuerst kaufen sie Limonade, dann ein Comics-Heft. Das haben sie schnell gelesen.

Sie wiegen sich und ziehen eine Rolle Pfefferminz aus dem Automaten.

Dann schlendern sie zur Bushaltestelle zurück und sehen gerade noch, wie der Bus um die nächste Ecke verschwindet.

»Wann kommt der nächste?« fragen sie einen Mann, der Blätter zusammenfegt.

»In einer Stunde«, sagt der Mann.
»Verflixt«, sagen Peter und Kai. Sie trotten los, um sich den Ort anzusehen. Eine Ecke weiter entdecken sie ein Kino. Die Vorstellung beginnt gerade, und sie sehen einen spannenden Bergsteigerfilm. Danach haben sie Hunger. Gegenüber der Bushaltestelle ist ein Kiosk. Dort bestellen sie Würste, und während die Würste heiß werden, bezahlen Peter und Kai.
Bezahlte Würste müssen gegessen werden.
Darum fährt auch der nächste Bus ohne Peter und Kai davon.
Nun gibt es nur noch einen Bus an diesem Tag, und auf den müssen sie zwei Stunden warten. Es ist zwar langweilig, aber sie bleiben lieber an der Haltestelle stehen, weil sie diesen Bus auf keinen Fall versäumen dürfen.
Es wird Abend, außerdem ist es kalt und neblig.
Endlich kommt der Bus. Er nimmt Peter und Kai mit und setzt sie nach einer halben Stunde an der einsamen Haltestelle ab, die eigens für Johann Heinrich und seine Leute eingerichtet worden ist.
»Kennt ihr den Weg?« fragt der Busfahrer.
»Klar!« rufen Peter und Kai.
Der Bus verschwindet im Nebel und in der Dunkelheit.
Zu spät merkt Peter, daß mit ihm auch der Rucksack verschwindet, der auf dem Rücksitz liegt. Und im Rucksack stecken das Matheheft mit dem Plan und eine Taschenlampe.
»Na, das ist aber ein dicker Hund«, sagt Kai.
Sie stehen am Straßenrand und überlegen angestrengt. Müssen sie nach rechts, oder müssen sie nach links? Sie

streiten ein wenig, und dann versuchen sie es einfach mal nur rechts.
Im Nebel sind alle Entfernungen anders.
Sie tappen herum, bis Peter zufällig an Holz faßt. Das muß das Geländer sein, von dem Johann Heinrich gesprochen hat. Gleich danach geht es steil aufwärts.
»Wollen wir nicht lieber die Fahrstraße suchen?« fragt Kai.
»Der Fußpfad ist kürzer«, sagt Peter. »Oder hast du Angst?«
Das kann Kai natürlich nicht zugeben. Er klettert dicht hinter Peter und hält sich an dessen Anorak fest. So kommen sie langsam Schritt um Schritt voran.
Links, hat Johann Heinrich gesagt, ist die Felswand, rechts der Abgrund.
Sie halten sich an Ästen, Wurzeln und Gestein fest. Manchmal bleiben sie stehen, um zu verschnaufen. Dann klettern sie wieder weiter, Peter voran und Kai hinterher.
Plötzlich umklammert Kai mit beiden Armen Peters Bauch. Beide rutschen ein Stück abwärts, bis sie auf einer ebenen Felsplatte landen.
»Mann, o Mann, war das knapp!« stöhnt Peter. »Hast du dir weh getan?«
»Nein«, sagt Kai, aber dann gesteht er etwas viel Schlimmeres: Er hat Schuhe mit Gummisohlen an, die bei jedem Schritt auf den nassen Steinen rutschen.
»Ich trau mich nicht mehr weiter«, sagt er.
Vorhin, im Kino, in diesem Bergsteigerfilm, da hingen zwei nachts im Schneesturm an der Wand, und jede Rettung schien unmöglich. Was taten diese tapferen Burschen? Sie machten es sich auf einem winzigen Felsvorsprung

bequem, bis es hell wurde und die Retter nahten! Genauso wollen es Peter und Kai halten.
Kai hat einen dicken Pullover in seinem Umhängebeutel, auf den setzen sie sich, ganz dicht nebeneinander. Sie lehnen mit dem Rücken am Fels, ihre Füße baumeln ins Leere. Jetzt müssen sie Geduld haben und warten, bis es Morgen wird.
Allerdings dürfen sie kein Auge zutun. Sie müssen wach bleiben, um keine falsche Bewegung zu machen. Wenn sie müde werden, einschlafen und umfallen, können sie in den Abgrund stürzen.
»Sag doch was«, stößt Peter hervor.
»Was?« fragt Kai, denn wenn er was sagen soll, fällt ihm nichts ein.
Sie schweigen, kneifen sich hin und wieder und bekommen kalte Hosenböden.
Eine Nebelnacht ist unheimlich, wenn ringsumher alles still ist. Sie ist noch viel unheimlicher, wenn irgendwoher unbekannte Geräusche kommen.
Weit entfernt jault etwas.
»Wölfe!« raunt Peter.
Jetzt jault es wieder, jedoch viel näher.
Dann ganz nah.
Und nun fast neben ihnen.
Peter und Kai sitzen da, als wären sie erstarrt.
Das Jaulen entfernt sich.
Nun ist es ringsumher wieder ganz still.
Peter und Kai brauchen sich nicht mehr zu kneifen. Sie sind hellwach. Jetzt hören sie in der Ferne ein tiefes, eintöniges Brummen.

»Was ist das?« flüstert Kai.
»Vielleicht gibt es hier Drachen«, sagt Peter leise.
»So ein Quatsch«, sagt Kai. »Vielleicht auch noch fliegende Untertassen oder Gorillas, die aus dem Zoo entsprungen sind.«
Darüber kann Peter nicht lachen. Das Brummen wird ständig lauter. Und nun tauchen dort, wo nach ihrer Meinung der Abgrund liegt, zwei große gelbe Glotzaugen auf, die undeutlich durch den Nebel schimmern.
Peter und Kai wagen nicht, aufzuspringen und zu fliehen. Sie müssen auf diesem Felsen sitzen bleiben, um nicht abzustürzen.
Die Glotzaugen starren sie an, als gehörten sie zu einem Wesen, das vor ihnen schwebt.
Jetzt beginnt wieder das schreckliche Jaulen.
Peter und Kai halten sich die Ohren zu und kneifen die Augenlider zusammen.
So hören sie nicht, wie Johann Heinrich seinem Vater zuruft: »Hallo, hierher, Ajax hat sie gefunden!«
Erst als eine Hundezunge ihnen die Hände leckt und Johann Heinrich sie rüttelt, blinzeln sie vorsichtig in die gelben Nebelscheinwerfer des Landrovers.
Jetzt können sie auch erkennen, daß sie nicht auf dem schmalen Fußpfad sind, sondern auf einem Stein am Rand der Fahrstraße hocken.
Es ist wahrlich keine Schande, Angst zu haben, selbst wenn man schon fast elf ist. Man muß das nur nicht jedem zeigen.
»Wo steckt ihr so lange?« fragt Johann Heinrich. »Eben hat der Busfahrer angerufen, er hat euern Rucksack gefun-

den. Wir warten mit dem Essen. Warum beeilt ihr euch nicht?«
»Weil wir eine kleine Rast machen und uns die hübsche Gegend ansehen«, erwidert Peter gelassen.

Die Geschichte von der Taube

Frau S. wußte genau, daß sie nach diesem aufregenden Krimi nicht würde einschlafen können. Trotzdem blieb sie bis zum Schluß vor dem Fernseher sitzen, aß vor Spannung alle Pralinen auf und trank dazu drei Flaschen Bier.
Herr S. fand es unerhört, daß der Krimi so spät gesendet wurde. Er brauchte dringend seine Nachtruhe. Schließlich konnte er am nächsten Morgen im Büro nicht einfach einnicken.
Als Frau S. ins Schlafzimmer kam, lag Herr S. bereits seit zwei Stunden im Bett und schlief.
Zuerst machte sie das Fenster zu, das er weit aufgerissen hatte. Nach der schrecklichen Geschichte, die sie soeben gesehen hatte, fürchtete sie, daß Strolche auch in den dritten Stock klettern könnten.
Dann ärgerte sie sich über die Unordnung.
Herr S. hatte seine Sachen fallen lassen, wo er sie auszog. Hier lag das Hemd, dort die Hose, auf ihrem Bett sein Pullover, im Waschbecken die Strümpfe und auf der Fensterbank die Unterwäsche.
Frau S. trug alles zusammen und legte es ordentlich auf einen Stuhl. Es war immer das gleiche. Am nächsten Mor-

gen würde Herr S. verschlafen sein und schlechte Laune haben, wenn nicht alles sofort zur Hand war.

Doch jetzt hatte *sie* schlechte Laune.

Eben noch hatte sie aufgeräumt, da lag schon wieder etwas mitten im Zimmer. Es schien ein alter Hausschuh zu sein. Doch seit wann hatte Herr S. drei davon? Die beiden anderen standen dort unter dem Stuhl.

Erbost gab sie dem Ding einen Tritt, daß es zur Seite flog.

Frau S. begab sich zu Bett und knipste das Licht aus.

Sie wußte, daß sie nicht einschlafen würde. Sie fühlte ihren Puls, dann wollte sie bis tausend zählen – bei dreiundachtzig streifte etwas leise über ihr Gesicht.

Mein Mann ist wach geworden, dachte Frau S., ich kann ihm den Krimi erzählen. Sie richtete sich auf.

Ehe sie Luft holen konnte, fuhr es fest über ihren Mund.

Eingeschnappt legte sich Frau S. wieder hin. Sie begann von neuem zu zählen. Bei dreiundzwanzig krallte sich etwas in ihr Haar.

Sie fuhr hoch und schlug um sich. Sofort schlug es zurück.

Sie strampelte, griff in die Luft und erwischte etwas Weiches, das in ihren Händen heftig zappelte. Sie ließ erschrocken los.

Alles war ganz still.

Ich träume, dachte Frau S., ich bin wach und träume. Mein Mann hat recht, wenn er sagt, daß Krimis schlecht für meine Nerven sind.

Sie kniff fest die Augen zu und begann wieder zu zählen.

Plötzlich saß etwas Schweres auf ihrer Brust. Sie konnte kaum atmen.

Das muß der Alp aus dem Alptraum sein, von dem die

Nachbarin immer erzählt, dachte Frau S. Doch wie man mit einem Alp umgeht, wußte sie nicht. Sie lag ganz still. Dann mußte sie niesen, und der Alp war weg.
Sie hörte, wie Herr S. neben ihr brummte: »Laß mich in Ruhe.«
Jetzt ist der Alp bei ihm, dachte sie, er müßte niesen können. Sacht kitzelte sie ihn an der Nase.
Herr S. schnaubte, schlug um sich und nieste.
»Du hattest einen Alptraum«, sagte Frau S. und machte das Licht an.
Dann schrie sie auf.
Durch den Raum schwebte ein großer Schatten.
Frau S. warf sich in die Kissen zurück und zog die Decke über den Kopf. Sie lauschte. Sie hörte, wie Herr S. aus dem Bett kletterte und durch das Zimmer schlurfte. Sie hörte, wie er gegen den Schrank schlug und in die Hände klatschte. Dann rief er etwas.
Vorsichtig lugte sie unter der Decke hervor.
»Was ist?« flüsterte sie.
»Was soll schon sein«, sagte Herr S. »Eine Taube hat sich in unser Zimmer verirrt. Sie hat mehr Angst als du.«
Er riß das Fenster auf und versuchte, die Taube hinauszuscheuchen. Draußen war es stockfinster.
»Vögel fliegen nicht vom Hellen ins Dunkle«, sagte Frau S.
»Dann mach es dunkel«, sagte Herr S.
Frau S. knipste das Licht wieder aus. Sie saßen nebeneinander in den Betten und warteten, daß die Taube fortflog. Die saß auf dem Schrank, ohne sich zu rühren.
»Dann eben nicht«, sagte Herr S., legte sich hin und schlief ein.

Frau S. wußte, daß sie kein Auge zutun konnte, solange die Taube im Zimmer war. Sie machte das Licht wieder an, stieg aus dem Bett und schlich auf den Schrank zu.

Die Taube sah sie an.

Frau S. hob langsam die Hände. Doch ehe sie zupacken konnte, flog die Taube auf, streifte ihr durch das Haar und ließ sich auf der Bettkante nieder.

Frau S. und die Taube sahen einander lange an.

Dann holte Frau S. ein Handtuch. Sie hielt es ausgebreitet in beiden Händen und näherte sich der Taube.

Plötzlich sprang sie zu und rief: »Ich hab' sie!«

Doch die Taube war längst wieder unterwegs. Sie flog mit dem Handtuch durch das Zimmer, stieß blind gegen die Wände und verfing sich in der Gardine.

Herr S. war aus tiefem Schlaf hochgefahren. Er sah ein Geschöpf ohne Kopf, ohne Flügel und ohne Schwanz.

»Was ist das?« fragte er.

»Immer noch die Taube«, sagte Frau S.

Um seine Nachtruhe zu retten, versuchte Herr S. nun, die Taube zu erwischen. Er jagte sie über die Betten, scheuchte sie vom Nachttisch, trieb sie hinter den Schrank, und als er sie fast schon hatte, verlor sie das Handtuch. Es fiel über seinen Kopf, so daß nun er nichts mehr sehen konnte.

Im Zimmer lag alles durcheinander, Hemden, Hosen, Schuhe, Stühle, Betten und Gardinen. Mittendrin lag Herr S.

Er stand auf und sagte: »Mir reicht es.« Dann ergriff er seine Kissen und marschierte ins Wohnzimmer.

Frau S. lief mit ihrem Bettzeug hinter ihm her. Sie drehte sich noch einmal um. Die Taube sah ihnen nach. Frau S. schlug die Tür hinter sich zu.

Sie machten ein Lager, so gut es ging. Herr S. schlief sofort wieder ein. Frau S. lag wach, bis es endlich dämmerte.
Jetzt fliegt die Taube fort, dachte sie, schließlich muß sie sich Futter suchen. Frau S. wartete noch eine Weile, dann schlich sie ins Schlafzimmer. Es schien leer zu sein. Sie räumte auf, weckte Herrn S., machte das Frühstück und winkte ihm, als er ins Büro ging.
Die Taube hatte eine Menge Schmutz hinterlassen. Überall lagen Federn, schwebte Flaum oder war ein Klecks Taubendreck, zum Glück nicht auf den Betten.
Frau S. begann mit der Arbeit. Sie wischte die Möbel ab, warf das Handtuch in den Wäschekorb, saugte den Teppich und machte die Betten. Zuletzt holte sie einen Eimer voll Seifenlauge, um den Fußboden zu wischen. Sie kniete hin und rieb so kräftig, wie sie konnte.
Ich bin ganz verdreht, dachte sie dabei. Sie wurde das Gefühl nicht los, daß jemand sie ansah. Als sie unter die Betten kroch und dort mit dem Scheuerlappen herumfuhr, entdeckte sie das starre runde Auge. Die Taube war noch da.
Frau S. rannte aus dem Zimmer und warf die Tür hinter sich zu. Dann dachte sie angestrengt nach. Sie mußte schlauer sein als die Taube und sie überrumpeln.
Sie ging zurück und breitete im Schlafzimmer auf dem Fußboden eine große Decke aus. Darauf streute sie Vogelfutter, das im Winter übriggeblieben war.
Frau S. stand hinter dem Schrank. Sie mußte sehr lange warten.
Endlich kam die Taube unter dem Bett hervor. Sie trippelte im Zimmer umher und wanderte auf die Decke. Dort begann sie zu picken.

Mit einem Satz war Frau S. da. Sie schlug die Decke zusammen, schleifte sie zum Fenster und schüttelte sie aus. Taube und Vogelfutter flogen über die Dächer.
»So«, sagte Frau S. und machte das Fenster gut zu.
Als sie am Abend zu Bett gingen, wollte Herr S. das Fenster weit öffnen. »Nein«, schrie Frau S.
Draußen auf dem Fensterbrett saß die Taube und sah sie an.
Sie saß dort eine ganze Woche.
Dann verschwand sie.

Die Geschichte vom alten Klapperkasten

Vater ist mächtig stolz auf seinen Sohn Robert. Er will, daß Roberts Konfirmation ein Riesenfest wird, und lädt alle Welt dazu ein. Wenn Mutter jammert, sagt er: »Was willst du, ich sorge für die Getränke. Kümmere du dich um die paar Kleinigkeiten.«
Mutter kann nicht mehr schlafen.
Sie denkt daran, daß genügend Teller, Messer, Gabeln, Löffel, Gläser, Tische, Stühle, Töpfe und Pfannen beschafft werden müssen. Das Zimmer soll frisch tapeziert werden. Der Sessel, in dem Vater fernsieht, muß neu bezogen werden. Robert braucht einen Anzug. Die Sonntagskleider von Margretchen und Charlottchen passen nicht mehr. Vater hat kein gutes Hemd. Sie selbst hat nichts Rechtes anzuziehen. Außerdem müssen wenigstens zwei Frauen in der Küche helfen. Ein Mietwagen muß bestellt werden, auf ihren

eigenen alten Klapperkasten ist ja kein Verlaß. Und eine Summe für den Klingelbeutel muß auch noch bleiben, denn man will sich doch nicht lumpen lassen.
Seit zwei Jahren hat Mutter Geld gespart, und nun reicht es nicht hin und nicht her.
»Was soll es denn zu essen geben?« fragt Robert.
Ausgerechnet die Hauptsache hat Mutter bei ihren Plänen vergessen. Sie beginnt von neuem. Die Tapeten werden nur gereinigt, der Sesselbezug fällt weg, und ein neues Kleid muß auch nicht sein. Doch soviel Mutter auch überlegt, ihre Rechnung geht nicht auf. Endlich will sie auf die Hälfte der Gäste verzichten, aber da kommt sie bei Vater schlecht an. Er bleibt dabei: Roberts Konfirmation muß ein Riesenfest werden.
Nun hat Mutter ein paar Dörfer weiter einen Bruder, dem es recht gutgeht. Er hat eine wohlhabende Frau mit einem Hof und einem Riesenschlitten geheiratet. Und er ist Roberts Pate.
Mutter hofft sehr, daß er ihr helfen wird. Sie beschließt, ihn aufzusuchen. Vielleicht kann er ihr etwas Geld borgen, das sie ihm später nach und nach zurückgibt. Sie hätte Robert gern mit zu Onkel Kurt genommen, doch Robert hat Konfirmandenunterricht und muß den Katechismus lernen. Dafür müssen nun Margretchen und Charlottchen mit Mutter im alten Klapperkasten über Land fahren.
Zuerst machen sie einen Umweg zu Tante Nitschmann und Frau Beutler, die beim Fest helfen wollen. Mutter bespricht des langen und breiten mit ihnen die Küchenvorbereitungen.
Margretchen und Charlottchen langweilen sich und sind froh, als es endlich weitergeht.

Inzwischen ist es dämmrig geworden. Mutter schaltet das Licht ein. Auf der einen Seite brennt nur das kleine Standlicht, doch der andere Scheinwerfer strahlt hell genug, daß Mutter nicht rechts in den Wassergraben gerät.
Sie sind nicht mehr weit von Onkel Kurts Hof entfernt, als etwas gegen den vorderen Kotflügel schlägt. Mutter hält sofort an und steigt aus. Sie geht um den alten Klapperkasten herum, aber außer einer großen Delle kann sie nichts entdecken.
»Was ist?« ruft Charlottchen.
»Eine Delle«, sagt Mutter, und schon plärrt Charlottchen los, weil sie daran denkt, was Vater sagen wird. Sie ist eine Heulsuse. Wenn auch nur das geringste passiert – schon kullern ihre Tränen.
Da ist Margretchen besser zu gebrauchen. Sie klettert aus dem Wagen und hilft suchen, was da so geknallt hat. Und Margretchen findet es.

Im Wassergraben steht ein verdutzter Rehbock. Er steckt so tief im Schlamm, daß er sich nicht von allein befreien kann. Wie erstarrt steht er da. Wahrscheinlich ist er genauso erschrocken wie Mutter und Margretchen.
Hoffentlich ist er nicht verletzt und hat keine Schmerzen, denkt Mutter. Ihr fällt ein, daß man ein angefahrenes Tier melden muß. Sie weiß nur nicht, bei wem.
Im Augenblick kommt sie nur auf Onkel Kurt, und sie sagt zu Margretchen: »Los!«
Aber Margretchen will nicht. Sie zerfließt vor Mitleid mit dem armen Rehbock. Sie hockt am Grabenrand und redet ihm leise zu.
»Also gut«, sagt Mutter, »dann bleib hier, und gib auf ihn acht, bis ich mit Onkel Kurt zurückkomme.«
Und schon fährt sie mit dem heulenden Charlottchen davon.
Onkel Kurt freut sich über Mutters Besuch. Leider ist Tante Gerda nicht da. Sie ist mit dem Riesenschlitten in die Stadt gefahren. Onkel Kurt ist froh, daß jemand kommt und mit ihm Abendbrot ißt.
Doch Mutter will jetzt weder Wurst noch Schinken. Sie will sich nicht einmal hinsetzen. Mutter hat eine Idee.
»Steh auf«, sagt sie zu Onkel Kurt, »hol deine Flinte und komm mit.«
»Wen soll ich umlegen?« fragt Onkel Kurt. Das ist für Charlottchen zuviel. Sofort beginnt sie wieder zu heulen.
Mutter sieht Charlottchen an und fragt dann Onkel Kurt: »Darf sie mal die kleinen Schweinchen sehen?«
»Klar, allemal«, sagt Onkel Kurt.
Nichts ist niedlicher als Ferkel unter einer roten Wärmelampe. Sie sehen noch rosiger aus als bei Tageslicht und bal-

gen sich quiekend so munter herum, daß es wahrlich eine Lust ist.

Charlottchen klettert über die Absperrung und nimmt eins nach dem anderen auf den Arm. Inzwischen machen die großen Schweine ein Grunzkonzert, bis sie auch zu ihnen kommt und sich von ihnen stupsen läßt.

Jedenfalls will sie hierbleiben, und das ist Mutter gerade recht. Sie fährt mit Onkel Kurt los.

Margretchen steht am Straßenrand und winkt. Sie hat die schiefen Scheinwerfer schon von weitem erkannt.

Mutter hätte die Stelle gar nicht so ohne weiteres gefunden, denn inzwischen ist es stockfinster geworden.

Margretchen und das Reh haben inzwischen Freundschaft geschlossen. Wenn sie mit der Zunge schnalzt, wendet es den Kopf. Natürlich wagt sie nicht, es anzufassen. Es steckt immer noch so tief im Wassergraben wie vorhin.

»Was ich von dir will«, raunt Mutter Onkel Kurt zu, »darf niemand erfahren. Für dich ist es eine Kleinigkeit, und für mich wäre es eine große Hilfe. Rehbraten ist für eine Konfirmation das Allerfeinste.«

Wahrscheinlich hätte sich Onkel Kurt gewehrt, wenn Tante Gerda dabeigewesen wäre. Anderseits möchte er Mutter einen Gefallen tun.

»Dazu brauche ich Licht«, sagt er leise.

Mutter rangiert so, daß der alte Klapperkasten zwar mitten auf der Straße steht, aber der helle Scheinwerfer auf das Reh gerichtet ist.

Plötzlich begreift Margretchen, was die beiden vorhaben. Sie schreit und klatscht in die Hände, um das Reh zu verscheuchen.

Doch das Reh ist vom Licht so geblendet, daß es dasteht, als wäre es ausgestopft.
Langsam hebt Onkel Kurt die Flinte. Er kommt nicht dazu, den Lauf auf das Reh zu richten. Margretchen hängt an seinem Arm und tritt gegen seine Schienbeine.
»Licht aus!« ruft Onkel Kurt. Er hat ein Auto gehört.
Mutter stürzt an die Wagentür und schaltet die Scheinwerfer aus, ohne zu überlegen.
Krachend fährt ein Wagen dem alten Klapperkasten in die Seite und schiebt ihn an den Straßenrand.
Das Reh will bei diesem Lärm aus dem Graben springen. Mutter ist schneller. Schon steht sie bis zu den Hüften im Wasser und hält es mit beiden Armen fest.
Onkel Kurt und der Autofahrer schimpfen aufeinander los.
Onkel Kurt behauptet immer wieder, der alte Klapperkasten hätte beleuchtet am Straßenrand gestanden und jedermann hätte ihn sehen müssen.
Der andere sagt, daß Onkel Kurt lügt. Er geht mit einer Taschenlampe um seinen Wagen herum, aber er findet nichts, keine Delle, keine Schramme, keinen Kratzer im Lack.
»Mehr Glück kann der Mensch nicht haben«, sagt Onkel Kurt und winkt sogar hinterher, als der andere endlich weiterfährt.
Der alte Klapperkasten allerdings hat zu der großen Delle im Kotflügel nun auch noch eine verbogene Tür, die sich nicht mehr schließen läßt.
Onkel Kurt will schnell von hier fort. Was er und Mutter vorhaben, erledigen sie besser daheim auf dem Hof. Er springt zu Mutter in den Graben, gemeinsam heben sie den Rehbock aus dem Schlamm und in den Kofferraum.

Noch nie war Margretchen so wütend auf Mutter gewesen, und sie sagt es auch. Mutter antwortet nur: »Wenn du nicht gleich still bist, bleibst du hier.« Da setzt sich Margretchen maulend in den alten Klapperkasten hinter Onkel Kurt, der beim Fahren die Tür zuhalten muß.
Zu Hause sagt Onkel Kurt, daß er erst mal trockene Hosen und frische Socken braucht. Mutter soll ihren nassen Rock ausziehen und in die alten Kleider schlüpfen, die Tante Gerda beim Schweinefüttern trägt.
So bleibt Margretchen allein im alten Klapperkasten sitzen. Hinter ihr rumort das Reh.
»Ich laß dich laufen«, flüstert Margretchen, »sonst schießen sie dich tot und braten dich zur Konfirmation.«
Sie steigt aus und macht die Klappe zum Kofferraum auf. Sie klatscht in die Hände, aber das Reh ist so verschreckt, daß es hocken bleibt. Margretchen muß ihm einen Klaps geben, daß es aufspringt, und es dann mit Gewalt herauszerren.
»Lauf weg, du dummes Ding!« ruft sie.
Da läuft das Reh endlich davon. Es jagt über den Hof und setzt mit einem hohen Sprung über die Hecke.
Das war aber auch höchste Zeit.
Soeben kommt Mutter in Tante Gerdas alten Sachen durch die Haustür, wirft ihre nassen Kleider in den Kofferraum und klappt ihn zu. Sie wundert sich nicht, daß er offensteht, und auch nicht, daß kein Reh mehr da ist.
Wahrscheinlich nimmt sie an, denkt Margretchen, daß Onkel Kurt schon hier war. Und wirklich dreht sich Mutter um und läuft wieder ins Haus zurück.
Inzwischen hat sich auch Onkel Kurt umgezogen und kommt in demselben Augenblick aus der Küchentür, in dem Mutter

in der Haustür verschwindet. Er geht mit der Flinte auf den alten Klapperkasten zu, macht den Kofferraum auf und sieht im Dunkel nur einen Ballen nasser alter Klamotten. Die sehen wirklich aus wie ein Rehbock, der zusammengekauert dahockt.

Onkel Kurt tritt zwei Schritte zurück und ballert los.

Das ist dem alten Klapperkasten zuviel.

Plätschernd läuft der Tank aus, und mit lautem Knall platzt ein Hinterreifen.

Aus dem Schweinestall stürzt weinend Charlottchen, aus dem Haus rennt Mutter, und durch die Toreinfahrt kommt in ihrem Riesenschlitten Tante Gerda.

Margretchen ist froh, daß in der Aufregung niemand nach dem Reh fragt.

Tante Gerda sorgt dafür, daß alle zu essen bekommen.

Dann sagt sie, daß Onkel Kurt nun dringend die kleinen Schweine füttern muß und daß ihm Margretchen und Charlottchen dabei helfen könnten. Sie will mit Mutter in Ruhe die Konfirmation besprechen, denn das ist Frauensache.

Mutter erzählt, welche Sorgen sie hat, die vielen Leute satt zu bekommen, die Vater eingeladen hat.

Tante Gerda überlegt und sagt dann: »Robert ist unser Patenkind. Wir werden ihm ein dickes fettes Schwein schenken, das kannst du braten. Dazu kannst du für die Suppe sechs ältere Hühner haben, die nicht mehr recht legen wollen, außerdem Kartoffeln und Eingemachtes, soviel du willst.«

Zum Glück ist Margretchen beim Schweineschlachten nicht dabei. Wahrscheinlich hätte sie das arme Tier sonst laufen-

lassen, und es hätte auf der Konfirmation nichts anderes als Kuchen gegeben.
Es wird wirklich ein Riesenfest. Alle Welt ist dabei. Nur der alte Klapperkasten fehlt. Dafür fährt Tante Gerda die Gäste in ihrem Riesenschlitten zur Kirche. Und darauf ist Robert sehr stolz.

Die Gaunergeschichte

Onkel Abraham kam jedes Jahr einmal nach Wasserbüttel.
Er kam mit dem Zug aus Hamburg, und dazu mußte er dreimal umsteigen. Das letzte Stück ließ er sich von seinem Schwager mit dem Trecker abholen.
Wasserbüttel liegt eben ziemlich weitab.
Doch alles nahm Onkel Abraham gern in Kauf, wenn in Wasserbüttel geschlachtet wurde und es die gute Knackwurst gab. Darauf freute er sich wochenlang vorher.
Wochenlang vorher freute sich auch Jens, und zwar auf Onkel Abraham.
Nicht nur, weil Onkel Abraham ihm Hefte mit tollen, unglaublichen Geschichten mitbrachte. Nein, für Jens übertraf das, was Onkel Abraham selbst erlebt hatte, diese Geschichten bei weitem.
Da war er zum Beispiel nach einem Schiffbruch wochenlang auf einer Planke im Ozean getrieben, ehe ihn ausgerechnet Eskimos auffischten. Oder er hatte die Bankräuber, während sie noch den Tresor ausräumten, an der Flucht gehindert, indem er ihnen einfach aus allen vier Autoreifen die Luft

ausließ. Einmal war er an einer Wäscheleine aus dem vierzigsten Stock eines Wolkenkratzers nach unten geklettert, weil der Fahrstuhl steckengeblieben war und Onkel Abraham keine Lust hatte, die Treppe zu benutzen.
All das muß man sich mal vorstellen! Onkel Abraham ging mit Gaunern, Einbrechern, Astronauten, Kommissaren und Rennfahrern um wie mit seinesgleichen.
»Ihr in Wasserbüttel habt ja keine Ahnung, wie es in der Welt zugeht«, pflegte er zu sagen.
»Man immer sachte«, sagte dann Vater, und Mutter lachte nur.
Jens wünschte sich immer mehr, nur ein einziges Mal dabeizusein, wenn solche aufregende Dinge passierten. In Wasserbüttel las man derartiges nur in der Kreiszeitung, und wenn es im Fernsehen gezeigt wurde, lag er längst im Bett.
Er drängelte und bettelte so lange, bis er sein Sparschwein schlachten durfte und Mutter nach Hamburg schrieb:

»Lieber Abraham, Du hast dem Jungen so viel erzählt, daß er keine Ruhe mehr gibt, bis er endlich einmal in der Großstadt war. Er ist groß genug, um allein zu reisen. Sonnabend um elf kommt er an.
Es grüßt Dich herzlich Deine Schwester Lina nebst Mann.«

Onkel Abraham war Maurer.
Das ist kein schlechter Beruf. Wenn man jedoch den ganzen Tag auf dem Baugerüst steht und mit Steinen und Mörtel zu tun hat, erlebt man keine spannenden Abenteuer.
Onkel Abraham war nicht ganz wohl zumute.

»Was stell' ich bloß mit dem Jungen an, daß er nicht allzusehr enttäuscht ist«, sagte er, als er mit seinen beiden Kollegen auf den Zementsäcken saß und frühstückte.
»Zeig ihm den Zoo«, meinte Kuddel.
»Mach mit ihm eine Hafenrundfahrt«, schlug Maxe vor.
»So was macht jeder Durchschnittsonkel«, sagte Abraham, »für Jens muß ich mir etwas Besonderes einfallen lassen.«
Er überlegte, und Kuddel und Maxe überlegten mit ihm.
Maurer bekommen, egal, was sie auch tun, nach kurzer Zeit Durst.
Also kletterten die drei auf der Leiter nach unten und gingen über die Straße in die Wirtschaft von Karlchen. Dort lehnten sie sich an die Theke und bestellten drei Glas Bier.
Dann überlegten sie weiter.
»Irgendwelche Probleme?« fragte Karlchen.
Sie erzählten, worüber sie gerade nachdachten, und Karlchen stützte den Kopf in die Hand und dachte mit.
Nach einiger Zeit hatten sie einen tollen Plan.
Am Sonnabend pünktlich um elf kam Jens mit einem Koffer voll Knackwürsten in Hamburg an. Onkel Abraham stand an der Sperre und rief laut: »Herzlich willkommen! Hamburg grüßt den Gast aus Wasserbüttel!«
Dann nahm er Jens den Koffer ab und zog ihn hinaus auf die Straße. Jens war sofort ganz benommen von dem Trubel. Er sperrte Mund und Nase auf, geriet zweimal fast unter ein Auto, kannte sich mit den Ampeln nicht aus, rannte gegen Leute, wurde selbst fast umgerannt, verlor Onkel Abraham aus den Augen und fand ihn zum Glück wieder, als er auf einer Rolltreppe aus einer Unterführung nach oben kam.

Nun blieb er ihm dicht auf den Fersen, während Onkel Abraham mit großen Schritten vorausging und sich nur hin und wieder umdrehte, um Jens etwas zu zeigen.
»Vermutlich mal wieder eine kleine Gangsterjagd«, sagte er und deutete auf einige schnelle Autos. Dann zeigte er auf einen dicken Mann und meinte: »Das ist der gefährlichste Fassadenkletterer von ganz Hamburg!« Er blieb vor einem Schaufenster stehen, an dem sich viele Leute drängten, und fragte einen Herrn: »Handelt es sich um einen Raubüberfall?« Dann grüßte er eine Dame und erklärte hinter ihrem Rücken: »Sie leitet die gesamte Kriminalpolizei von Hamburg!«
Ehe Jens jedoch begriff, hatte der Onkel ihn gewöhnlich schon weitergezogen.
Nach einer Weile kamen sie in eine Nebenstraße.
Onkel Abraham stieß eine Tür auf und ließ Jens vorangehen.
»Die Gefahren der Großstadt verlangen nach einer Stärkung«, sagte er, bestellte für sich ein Glas Bier und für Jens ein Glas Faßbrause.
Der dicke Wirt mußte etwas im Auge haben, denn er blinzelte Onkel Abraham andauernd zu.
Plötzlich wurde die Tür aufgerissen.
Zwei Kerle stürzten herein.
Der eine brüllte: »Hände hoch, und her mit der Kasse!«
Der andere griff nach dem Koffer mit den Knackwürsten.
Jens war noch ganz verdattert, als Onkel Abraham schon einen Stuhl über seinem Kopf schwang. Ehe er damit etwas anrichten konnte, rief der Wirt, der sich hinter die Theke duckte: »Bitte nichts zerschlagen!«

BIER

Onkel Abraham stellte den Stuhl sorgfältig wieder hin.
Da sprang ihn einer der Kerle von hinten an, während der andere Jens packte. Sie fesselten ihnen die Hände auf dem Rücken, öffneten eine Klapptür und stießen Jens und Onkel Abraham eine steile Treppe in den Keller hinunter. Dann warfen sie die Klappe hinter ihnen zu, und Jens hörte, wie sie laut lachten.
Erst nach und nach konnten die beiden in der Dunkelheit etwas erkennen.
Jens war auf einem Gurkenfaß gelandet.
Onkel Abraham saß in einem Kasten mit Bierflaschen.
»So ist das Leben«, sagte er. »Als erstes müssen wir uns der Fesseln entledigen!«
Sie stellten sich Rücken an Rücken und versuchten, einander gegenseitig die Stricke aufzuknoten. Das war sehr langwierig und mühsam, aber es gelang. Um sich danach zu stärken, griffen sie ein paarmal ins Gurkenfaß.
Dann sahen sie sich genau um und entdeckten eine Tür, die offen war. Hinter der Tür war eine Treppe, und die führte nach oben auf den Hof.
»O goldene Freiheit«, sagte Onkel Abraham und fügte hinzu: »Jetzt drehen wir den Spieß um!«
Er zog sich an einer Brüstung hoch, schwang sich auf ein Fensterbrett, hielt Jens die Hand hin und zog ihn hinter sich her durch ein offenes Fenster in eine Küche.
Onkel Abraham sah Jens an, dann legte er den Finger auf den Mund. Und riß mit einem Ruck eine Tür auf.
Jens sah in die Gaststube.
Die beiden Kerle wollten gerade mit der Kasse und dem Knackwurstkoffer verschwinden. Der Wirt lag unter dem

Stammtisch. Sie hatten auch ihn gefesselt und ihm dazu noch ein Küchenhandtuch vor den Mund gebunden. Er strampelte und gurgelte.

Onkel Abraham sprang in die Gaststube und packte die beiden, ehe sie entwischen konnten. Bald balgten sich alle drei hinter der Theke. Onkel Abraham war der Stärkste. Es dauerte nicht lange, dann kniete er auf den beiden Kerlen und drückte sie mit seinen starken Fäusten an den Schultern auf den Boden.

Einer von ihnen japste: »So war das nicht ausgemacht!«

Onkel Abraham lockerte seinen Griff, und schon hatten ihn die beiden gepackt.

Jetzt rauften sie mitten in der Gaststube. Stühle kippten um, Bierdeckel fielen vom Tisch, Lampen schwangen hin und her, und der Wirt stöhnte, als würde er umgebracht.

Plötzlich bekam auch Jens einen Tritt ab.

Er flog durch die Pendeltür und landete auf der Straße.

Da rannte er los, bis er einen Polizisten sah.

Der verstand zuerst nicht, was Jens durcheinander von zwei Männern, einem gefesselten Wirt, Onkel Abraham, einer Schlägerei, einer gestohlenen Kasse und Wasserbütteler Knackwurst erzählte.

»Du träumst wohl manchmal?« fragte er, aber Jens war seiner Sache ganz sicher. Er rannte voran, und der Polizist lief hinter ihm her.

Sie liefen einige Male um die falschen Ecken, denn Jens fand die Straße nicht gleich wieder. Einige Neugierige liefen hinter ihnen her.

»Dort!« rief Jens plötzlich.

»Alles draußen bleiben«, sagte der Polizist zu den Neugierigen, dann riß er die Tür auf. Jens schlüpfte mit hinein. Die Gaststube war ordentlich aufgeräumt.

Der Wirt stand hinter der Theke und spülte Gläser.

Onkel Abraham saß am Stammtisch. Neben ihm, aber mit dem Rücken zur Tür, saßen zwei Männer. Sie drehten sich nicht um und tranken friedlich ihr Bier.

»Ist irgendwas?« fragte der Wirt.

Der Polizist trat mitten in den Raum und fragte streng: »Wo sind die Gauner?«

»Sollen welche hier sein?« fragte Onkel Abraham und sah sich nach links und nach rechts um.

»Hier sind nur meine lieben Stammgäste Abraham, Kuddel und Maxe«, sagte der Wirt.

»Ich dachte mir gleich, daß der Junge zuviel Phantasie hat«, sagte der Polizist. »Nichts für ungut.« Er warf Jens einen Blick zu, drehte sich um und verschwand.

»Das liegt leider in der Familie«, rief Onkel Abraham hinter ihm her.

Jens war ganz benommen. Er begriff nichts mehr. Dabei hatte er vorhin bestimmt nicht geträumt!

Onkel Abraham machte soeben den Koffer auf und fragte: »Wer will die gute Knackwurst probieren?«

Da dämmerte es Jens plötzlich.

Mit einem Satz sprang er an den Tisch und sah den beiden Männern ins Gesicht. Einer von ihnen hatte eine große Beule auf der Stirn.

»Hände hoch, und her mit der Knackwurst«, rief Jens, »die ist nichts für Gauner!«

Der Wirt ließ vor Schreck ein Glas fallen.

Kuddel und Maxe lachten.

Onkel Abraham rief: »Wasserbüttel macht sich!«
Das sagte er in der nächsten Zeit noch oft.
Jens wurde nicht müde. Er wollte Hamburg genau kennenlernen, den Zoo, den Fluß, die vielen Schiffe, am liebsten jede Straße.
Da nahmen ihn Abraham, Kuddel und Maxe mit auf das hohe Baugerüst. Von da aus konnte er die ganze Stadt überblicken.
»Das ist das Größte«, sagte Jens. »Ich möchte mal Maurer werden und dann hier arbeiten!«
»Der Junge hat mehr Köpfchen als du«, sagten Kuddel und Maxe zu Onkel Abraham.

Die Geschichte ohne Ende

Maxens haben von Krautmanns eine bunte Ansichtskarte bekommen, auf der das Meer, einige Palmen und ein roter Sonnenuntergang zu sehen sind.
»Es ist herrlich hier«, schreiben Krautmanns, »wir haben das prachtvollste Wetter, wohnen in einem schicken Hotel und bekommen hervorragendes Essen. Wie beruhigt sind wir, daß Sie, liebste, beste Frau Max, inzwischen unser Haus versorgen! Am Samstag ist die schöne Ferienzeit leider zu Ende.
PS: Mausi freut sich auf Iris!«
Auch Iris freut sich, daß Mausi wiederkommt. Allein sind die Ferien recht langweilig, besonders wenn man daheim bleiben muß.

»Sollen sich andere über die volle Autobahn quälen und am Strand gegenseitig auf die Füße treten«, sagt Herr Max. »Wie gut haben wir es doch in unserem Garten!«
»Du hast recht«, sagt Frau Max und legt die Ansichtskarte beiseite ...

Am Samstag früh verstauen Krautmanns ihre Koffer und Taschen im Auto. Ausgerechnet heute kommt nach drei Wochen zum erstenmal die Sonne zum Vorschein! Trotzdem wollen sie keinen Tag länger in diesem miesen Hotel bleiben und keinen Bissen mehr von dem verkochten, versalzenen Essen zu sich nehmen!
»Wie glücklich werde ich heute abend in meinem eigenen Bett liegen«, sagt Frau Krautmann.
»Du hast recht«, sagt Herr Krautmann und gibt Gas ...

Zur selben Zeit gehen Frau Max und Iris mit einem Topfkuchen und einem Blumenstrauß über die Straße zu dem Haus von Krautmanns.
Frau Max schließt auf und steckt den Schlüssel innen ins Schloß. Das tut sie stets, um später den Schlüssel nicht suchen zu müssen. Leider ist es früher manchmal vorgekommen, daß der Schlüssel gerade dann spurlos verschwunden war, wenn sie ausgehen wollten. Dann stand Herr Max in Hut und Mantel da, während Frau Max durch das Haus irrte und in allen Ecken nach dem Schlüssel suchte. In dieser Zeit hatte Herr Max die Idee, einen Ersatzschlüssel im Garten zu vergraben. Herr Krautmann fand das großartig und vergrub sofort auch einen Schlüssel für alle Fälle unter seinen Rhododendron. Seit Frau Max

allerdings den Schlüssel ordentlich sofort innen ins Schlüsselloch steckt, gibt es keine Schwierigkeiten mehr.
Iris stellt den Topfkuchen und den Blumenstrauß auf den Küchentisch und malt einen Zettel: HERZLICH WILLKOMMEN!
Frau Max zieht die Rolläden hoch und öffnet die Fenster, um zu lüften. Sie gibt den Topfpflanzen Wasser, wischt Staub, dann schließt sie die Fenster wieder und läßt die Rolläden herunter.
»Komm«, sagt sie, schiebt Iris vor sich her und klappt die Tür hinter sich zu ...

Krautmanns rollen auf der Autobahn zwischen vielen anderen Autos heimwärts. Der Verkehr reißt nicht ab.
Herr Krautmann schimpft über die Laster, die schneller fahren als er. Er ärgert sich, daß hinter ihm ein Wagen so dicht auffährt, daß sie fast aneinander kleben. Und ausgerechnet während er überholt, steckt ihm Frau Krautmann ein Stückchen Schokolade in den Mund, auf das er mit seinem hohlen Zahn beißt!
Mausi quengelt seit einer halben Stunde, daß sie mal aussteigen möchte, und fragt andauernd, wann sie endlich zu Hause sind ...

Zur selben Zeit sitzen Herr und Frau Max nach dem Essen gemütlich auf der Terrasse. Frau Max liest die Zeitung. Leider ist nicht alles erfreulich, was da steht. Im Nachbarort zum Beispiel wurde eingebrochen, und man hat die Täter nicht gefaßt. Was gestern dort geschehen ist, denkt Frau Max, könnte heute hier passieren.

Herr Max ist mit seinen Gedanken bei den Rosen, die Mehltau haben, und bei den Tomaten, auf denen neuerdings Kartoffelkäfer sitzen.
Iris wäscht ihre Puppenkleider. Das macht allein keinen Spaß. Morgen wird zum Glück Mausi wieder dasein . . .

Gegen Nachmittag muß Herr Krautmann tanken.
Frau Krautmann holt aus dem Kiosk drei Pappbecher mit Cola.
Mausi darf mal aussteigen, ehe es weitergeht.
Nach wie vor donnern die großen Lastzüge an ihnen vorbei. Der Krach dröhnt in ihren Ohren. Frau Krautmann hat das Gefühl, daß er immer ärger wird. Auch Herr Krautmann hält den Kopf schief und lauscht.
Plötzlich wird das Getöse unerträglich, und ihr Auto fährt nur noch ganz langsam.
Herr Krautmann lenkt es auf den Seitenstreifen und steigt aus. Er macht die Motorhaube auf, dann bückt er sich und sieht unter den Wagen. Er sagt ein sehr schlimmes Wort.
»Was ist los?« fragt Frau Krautmann.
»Der Auspuff ist ab. So kommen wir nicht nach Hause«, antwortet Herr Krautmann.
Frau Krautmann und Mausi bleiben im Auto sitzen, während Herr Krautmann am Rand der Autobahn ins nächste Dorf wandert. In der Werkstatt trifft er zum Glück noch einen Lehrling an, der den Meister holt. Mit einem Kombi voller Werkzeug fahren sie auf der Autobahn zurück.
Herr Krautmann packt mit zu, während der Meister mit dem Lehrling schwitzend und stöhnend einen neuen Auspuff anschweißt.

Frau Krautmann und Mausi sitzen auf der Böschung und sehen zu, wie die Sonne untergeht . . .

Zur selben Zeit blicken auch Herr und Frau Max in den Himmel. »Einen so schönen Sonnenuntergang hatten wir lange nicht«, sagt Herr Max.
»Nur auf der Postkarte von Krautmanns«, sagt Frau Max.
Dann klappen sie den Sonnenschirm zu und stellen die Gartenstühle beiseite. Sie trauen der schwarzen Wolkenwand im Süden nicht, das könnte ein Unwetter geben.
Iris liegt schon im Bett und schläft . . .

Mausi hat sich hinten im Auto zusammengerollt und ist eingeschlafen.
Seit drei Stunden sind sie wieder unterwegs.
Es regnet in Strömen. Herr Krautmann hat die Scheibenwischer und die Scheinwerfer eingeschaltet In der Ferne blitzt es manchmal.
Kurz vor Mitternacht sagt Herr Krautmann: »Wir haben es geschafft« und fährt das Auto vor die Garage.
Frau Krautmann hat schon den Hausschlüssel in der Hand und rennt durch den Regen auf das Haus zu. Herr Krautmann rennt mit zwei Koffern hinterher. »Mach schnell!« ruft er.
Frau Krautmann stochert mit dem Schlüssel, aber sie bekommt ihn nicht in das Schlüsselloch. Irgend etwas ist da verbogen oder verstopft oder sonstwie nicht in Ordnung.
Herr Krautmann schimpft mit seiner Frau, und sie schimpft mit ihm . . .

Zur selben Zeit wacht Frau Max auf, weil sie Stimmen

gehört hat. Sie blickt aus dem Fenster. Gegenüber bei Krautmanns machen sich zwei dunkle Schatten an der Haustür zu schaffen. Sofort fallen ihr die Einbrecher wieder ein, die man noch nicht gefaßt hat. Diese Sorte pflegt ja mit Vorliebe in Häuser einzusteigen, deren Besitzer verreist sind! ...

Herr Krautmann kann kein Licht machen, denn alle Schalter sind innen im Haus. So bleibt es finster.

Es regnet immer noch.

Herr und Frau Krautmann gehen um das Haus und sehen nach, ob irgendwo ein Fenster offensteht. Alles ist fest verschlossen, die Rolläden sind herabgelassen.

Oben das Schlafzimmer hat eine Lüftungsklappe. Durch die will Herr Krautmann ins Haus klettern.

»Da kommst du nicht einmal mit dem Kopf durch«, sagt Frau Krautmann.

Aber Herr Krautmann hört nicht. Er versucht, am Regenrohr hochzuklimmen, doch das Regenrohr kracht mitsamt Herrn Krautmann zu Boden ...

Längst steht auch Herr Max hinter der Gardine und beobachtet die beiden Gestalten, die sich an Krautmanns Haus zu schaffen machen.

»Ruf die Polizei«, flüstert Frau Max.

»Warte, bis sie im Haus sind«, sagt Herr Max, »dann lassen wir die Falle zuschnappen!« ...

Herr Krautmann verliert jetzt den Kopf und die Nerven.

»Du bist wohl nicht ganz bei Trost!« ruft Frau Krautmann hinter ihm her, als er aus dem Schuppen einen Spaten holt und beginnt, unter den Rhododendren nach dem Ersatzschlüssel zu graben.
»Wir haben doch einen Schlüssel, er schließt bloß nicht«, ruft Frau Krautmann.
Herr Krautmann hört nicht.
Er gräbt, daß die Erdbrocken fliegen ...

»Sie vergraben etwas«, sagt Herr Max.
»Hoffentlich keine Leiche«, stöhnt Frau Max, »wie schrecklich! Die armen, armen Krautmanns!«
Herr Max findet, daß es nun an der Zeit ist, die Polizei einzuschalten.
»Mach kein Licht!« ruft Frau Max und rennt hinter ihm her ans Telefon.
Davon wacht Iris auf ...

Auch Mausi ist aufgewacht.
Zuerst weiß sie nicht, wo sie ist. Dann merkt sie, daß sie hinten im Auto sitzt und daß das Auto zu Hause vor der Garage steht. Papa und Mama denken offenbar nicht daran, ins Bett zu gehen, sondern laufen draußen herum. Wahrscheinlich wollen sie nach dem Rechten sehen.
Mausi denkt: Da kann ich Iris noch schnell guten Tag, gute Nacht oder grüß Gott sagen.
Sie läuft hinüber und wirft kleine Steinchen gegen die Scheiben. Iris ist sofort am Fenster. Sie öffnet es und läßt Mausi hineinklettern. Dann sitzen sie im Bett und erzählen so lange, bis sie nebeneinander einschlafen ...

Herr Krautmann hat alle Rhododendronbüsche ausgegraben, ehe er einsieht, daß er den Schlüssel nicht findet.
Er schwingt den Spaten und will die Fensterscheiben einschlagen. Aber weil vor den Fenstern Rolläden sind, klappert und scheppert es nur. Plötzlich fällt ihm der Heizungsschacht ein. Auf dem Schacht liegt ein Rost. Den zerrt Herr Krautmann beiseite.
Er muß sich wie eine Schlange in die Öffnung zwängen. Frau Krautmann drückt von oben nach. Es dauert eine Weile, aber dann ist Herr Krautmann im Heizungsschacht. Die Tür zum Keller ist offen. Die Tür vom Keller in die Wohnung ebenfalls.
Herr Krautmann macht Licht.
Da sieht er, daß in der Tür innen ein Schlüssel steckt. Er schüttelt den Kopf und schließt auf...

Draußen fährt der Streifenwagen vor. Drei Polizisten springen heraus und rufen: »Wo?«
»Da drüben!« ruft Frau Max. »Jetzt sind sie im Haus, sie haben Licht.«
»Umstellen!« rufen die Polizisten...

Herr und Frau Krautmann sitzen naß, müde, zerzaust und schmutzig am Küchentisch und essen Topfkuchen.
Plötzlich hämmert es gegen die Haustür.
Zur selben Zeit schlägt es gegen die Rolläden.
»Aufmachen!« rufen einige Stimmen.
Herr Krautmann sagt: »Nimmt diese Geschichte kein Ende?« und reißt die Tür auf...

Die Polizei ist gewohnt, alles schnell aufzuklären.
Nach zehn Minuten fährt der Streifenwagen davon.
Frau Krautmann bedankt sich immer wieder für den herrlichen Topfkuchen. Frau Max will sich nicht beruhigen, weil sie den Schlüssel hat steckenlassen.
Herr Max entschuldigt sich, daß er die Polizei gerufen hat.
Herr Krautmann schleppt Taschen und Koffer aus dem Auto ins Haus.
»Wo ist Mausi?« fragt Frau Krautmann.
Mausi ist weg, spurlos verschwunden, verlorengegangen, entführt worden.
Es ist eben eine Geschichte ohne Ende.

Inhalt